梅茜，晚安

让我留在你身边

THE JOURNEY WITH YOU

张嘉佳

著

湖南文艺出版社
HUNAN LITERATURE AND ART PUBLISHING HOUSE
博集天卷
CS-BOOKY
· 长沙 ·

梅茜刚到我家的时候，喜欢翻书，后来她一岁，再也不撕扯任何东西了，

只是在她窝里会发现我的一些小物件。

人说，胆小的狗狗一个人在家的时候，

会找些属于主人的东西放在身边，这样就有了主人的味道。

是这样，梅茜这么胆小，

无论怎么样，我陪你一起走过去。

让我留在
你身边

The Journey with You

让我留在
你身边
The Journey with You

梅茜听到鞭炮声会前腿抱头缩进墙角，
看到车子开过来会躲到我背后，
去陌生的地方走路会紧贴我的脚。

我和她没有合同没有承诺，
在一起的时间视她的生命而定。

所以梅茜，你要活得久一点，
不然我会很寂寞。

五彩球不见了，我找遍房间每个角落。

一周后，它蓬头垢面地出现在我面前，说：

"嘿，要好好保管我呀，下次我就找不到回家的路了呢。"

我一口叼住它，说：

"对不起，我保证再也不会把你弄丢了。"

要怎么样才能不轻易弄丢一个人呢，老爹和我都太想知道了。

——梅茜

让我留在
你身边

The Journey with You

让我留在
你身边

The Journey with You

我问梅茜：

"你为什么每天都在狂奔？"

梅茜说：

"我要跑得更快一点，很多事情，
以为明天可以，其实今天已经来不及了。"

狗子喜欢把珍贵的东西都埋起来，
埋在只有自己知道的地方，然后做上记号。

但当狗子遇到自己喜欢的人时，就会在他面前刨出来。
梅茜最珍贵的是和老爹的回忆，
没有办法在花坛下挖个坑埋掉，所以只能埋在心里，

那样就永远无法忘记。

让我留在
你身边

The Journey with You

我是一条金毛狗子，名叫梅茜。

我的狗生穷困潦倒，可能会被你们看不起，但我必须写下来，这样你们才会知道，一条狗子也可以过得波澜壮阔。

老爹说，最后一抹夕阳用小罐子收集起来，用树叶封住，会变成金币。这是我进入金融界的第一步，也止于第一步。老爹破产后，我砸了罐子，里面什么金币都没有，只有几片叶子被风一吹，吹到院子里。

院子里，以前有个女孩经常会坐着读书，夕阳淡淡的光顺着她的衣服流下来，我就趴在她脚边，等最后一抹出现，赶紧用小罐子接住。

我是一条南京狗子，不瞒你说，见过大世面的。

以前我叫梅西，因为老爹最喜欢的足球运动员是这个名字。

后来老爹喝得东倒西歪，叹口气说："艹！"

于是给我加了个草字头，我就变成了梅茜。

我问老爹，那我的名字该怎么读。

老爹说，让人家以为我们没钱，其实我们还是没戏。

我老爹号称作家，从青年作家变成已婚作家，再变成离异作家。据他自己介绍，穷困潦倒的原因就是分家产。以前我吃狗粮，老爹家产没了之后，他弄到什么吃的，就分我一半。

俗话说，穷极思变。太穷了，我也开始写小说，记录灿烂狗生，贴补家用。

那么毫不客气地讲一句，我，梅茜，唯一的金毛狗作家，大家不要有异议。你们即将读到的故事，有些关于狗，有些关于人，还有些关于你们从未察觉的世界。

我和老爹一起生活，也曾独自流浪，看见许多种离别，许多种欢喜，许多种无人知晓的难过。在我最伤心的时候，走过彩虹底下，河水隔开两岸，一群蜻蜓追着蒲公英，而老爹不知去向。

狗子如果会写书的话，那么书名一定叫作《让我留在你身边》。

谢谢你读我的书，故事从这里开始，一条金毛狗子，出生了。

目录 CONTENTS

让我留在
你身边
The Journey with You

你好,我叫梅茜

我是一条南京狗子,不瞒你说,见过大世面的。
以前我叫梅西,因为老爹最喜欢的足球运动员是这个名字。
后来老爹喝得东倒西歪,叹口气说:"艹!"
于是给我加了个草字头,我就变成了梅茜。
我问老爹,那我的名字该怎么读。
老爹说,让人家以为我们没钱,其实我们还是没戏。

记得带我回家

你在悲伤的时候，
要允许我有机会躺在你脚边，
我的脑袋毛茸茸的，你摸一下会暖乎乎的。
你在快乐的时候，要允许我有机会绕着你奔跑，
这是我表达幸福的唯一方式。

一个汪星人的朋友圈

我生活在一个阳光明媚的小区，
树很多，草很绿，大家一天到晚傻笑。
这里的便利店会卖火腿肠给金毛，
但是不找钱。
金毛的生活非常复杂，具体表达要十六个字：
跑来跑去跑来跑去跑来跑去跑来跑去。

第四话

做我的朋友好吗？

我叫梅茜，我拼命写字的理由是，当你看见狗狗的时候，
希望你能想起我，觉得他是你的好朋友，微笑着拍拍他的脑袋。
希望这些文字能传递到每一个角落。

我们要彼此相爱

所以讨好你，真的可能只是喜欢你而已，
想跟你做好朋友，就这么简单。
对你好的目的不明确，也许并不是想害你，
而是因为喜欢你。
一百个虚伪的人里面，肯定有这么一两个的。

让我留在你身边

几栋楼，三条路，一个家，这个简单的地方，就是我的全世界。
我喜欢全世界，我喜欢老爹。
我喜欢梅茜和老爹在一起的每分钟。
他说要带我去走遍他的全世界，
我一直觉得那该很大吧，但是我有信心跑完。

让我留在
你身边

The Journey with You

第一话

你好，
我叫梅茜

The Journey with You

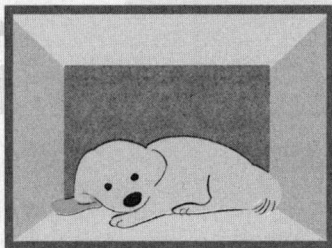

我是一条南京狗子，不瞒你说，见过大世面的。

以前我叫梅西，因为老爹最喜欢的足球运动员是这个名字。

后来老爹喝得东倒西歪，叹口气说："艹！"

于是给我加了个草字头，我就变成了梅茜。

我问老爹，那我的名字该怎么读。

老爹说，让人家以为我们没钱，其实我们还是没戏。

知道你要去很远的地方，但是一定记得回头看看我。
就算我不在你的视线里，也请偶尔转过身，
说不定带着你呼吸的空气，会漂洋过海，会横跨星空，
会被季节轮换时带起的风，一直吹到我身边。
我的嗅觉很好。我是梅茜，我喜欢你，我在想你。

让我留在
你身边
The Journey with You

我喜欢安慰，不用语言的那种；我喜欢看一眼就明白你在想什么；我喜欢走路，不是直线；我喜欢停留在草丛里，可以闻到泥土混杂日出留下的味道；我喜欢趴在院子里，把蓝天当作相册；我喜欢四处溜达，嗒嗒嗒，嗒嗒嗒，每个脚印都敲击出清脆的声音。

我喜欢喧嚣，我喜欢安静，我喜欢自己金色的毛发，奔跑时带起一溜阳光。我喜欢小区门口人来人往的超市，以及每天准点去买一包烟的老爹。我出生于 2010 年 5 月 18 日，他在 2010 年 6 月 12 日带我回了家里，然后哭哭笑笑，不知道能不能这样一直到老。

然后我喜欢这样，不管全世界其他人喜不喜欢这样。

我是梅茜，一条喜欢写字的金毛狗子。

我们

窗台的每片棱镜，
花瓶的每条纹路，空气中每一缕糕点的甜香，夕阳穿越窗台的每一道金色，
都在轻声诉说着这三个字。
我爱她。
满场除了悠扬的音乐和人们怦怦的心跳，是寂静无声的。

梅茜这个名字的来历，有其他说法。路过广场，店长姑娘摘下渔夫帽，用脸蹭了蹭我的头，说："我知道的，其实这是个英文名字。"说完她把帽子戴在我的脑袋上，摸摸我的耳朵，说："真可怜。"

虽然我很穷，是一条很穷的金毛狗子，但也不至于可怜。

很久以前，我走路还没有学得非常好，每天练习四小时，比较累了，便趴下来睡觉。宠物店的仓库潮潮的，棉花和布条上有几条小狗挤着。我挤不进去，幸好顶上开着扇天窗，阳光洒下来，给我搭了张小床，这是我能找到的唯一暖和的地方。

仓库的狗子都被买走了，只剩我一个。可能跟我走路走得不好有关系，于是我把练习时间加到了每天六小时。

夜晚也从天窗撒下来，咣当一声，砸得粉碎，铺满整个水泥地，我的床没有了。

直到一天，老爹终于出现，他穿着拖鞋，一周来了七次，每次都和店长姑娘唠嗑。我偷听了一些，觉察到不对，作为一名顾客，他什么都聊，就是不聊价格，真猥琐啊。

仓库狗群只剩我之后，店长姑娘下午两三点会抱着我出门溜达，老爹带着汉堡来请她喝下午茶。店长姑娘一个汉堡咬了三百多口才吃完，老爹一口塞进嘴里，嚼都没嚼就咽下去了。冲这一点，我觉得自己很适合被老爹领走。

店长姑娘没空扯皮，经常把我丢给他。他蹭了一捧瓜子，抱着我站在棋牌室打麻将的众人后面，挥斥方遒。我抬头看看这个全世界最闲的作家，他解释过，这不叫闲，纯粹就是懒。

宠物店依次相邻棋牌室、便利店、小饭馆，以及公共广场，这些日后都会成为我的江山。

老爹不下场打麻将，热衷于指出各方的失误。社会各界人士按照他的指点，纷纷输了不少。其中包括便利店老板木头哥、饭馆厨子燕山大师、广场舞领袖天龙嫂，以及店长姑娘荷花姐。

棋牌室以前是售楼处，改成如今的休闲功能区，其实跟官方没有关系，纯粹的约定俗成，所以没有经营者。麻将和扑克牌由木头哥提供，桌椅是物业留下来的。小区年纪最大的吴奶奶清晨在门口炸油条，摆摊负责开门，收摊负责锁门，算是为棋牌室义务劳动。

据我观察，木头哥沉默寡言，打牌风格朴实中带着一丝奇特。

他周一不出条子，周二不出万子，周三不出饼子，接下来继续轮回。用他的话说，反正没有技术，算不出别家在等什么，不如相信概率学。但他的概率学破绽太大，于是大家周一不做条子，周二不做万子，周三不做饼子，接下来继续轮回。

经过老爹指点，他麻将概率学进阶了，变为麻将拓扑学。摸到的第一张牌是什么花色，整局就坚决不出这个花色。老爹总结了两句口诀：放炮由我不由天，无脑囤牌赛神仙。

和木头哥天生相克的燕山大师，没什么烹饪上的专业技术，他家馆子出的菜全靠本能，除了量大别无优点。荷花姐买过几次他的盒饭，两荤两素十二块，吃完忧伤地说："卖的人没挣到钱，买的人吃吐了，这到底图什么呢？"

老爹问燕山大师："你为啥做个土豆丝，都搞这么大份？"

他说："你也是个文人，听说过一句诗没有。"

老爹说："啥子？"

他说："燕山雪花大如席，吃我的一席大菜，就要配雪花啤酒，好男儿勇闯天涯。"

从此老爹就喊他燕山大师。

燕山大师非常啰唆，和木头哥形成鲜明对比，两个人互相鄙视，认为自己全方位更胜一筹。燕山大师的主要弱点在于已婚，已婚原本不算弱点，但经常被老婆跳出来毒打一顿，就不成体统了。

我们都怀疑木头哥暗恋荷花姐，证据非常多。传言他是个富二代，问家里要钱在宠物店隔壁开了家便利店，不为营利，只为爱情。用老爹的话来说，这家便利店近乎无耻，店里的货物全部都是荷花姐日常要用到的东西。

木头哥的想法依然建立在概率学上，这样其他人走进店的概率为零，荷花姐走进店的概率为百分之百。

难得小区门口有家便利店，就此毫无作用。老爹左思右想，不能改变便利店，那我们就改变自己。老爹号召整个小区的居民，一起学习荷花姐的生活习惯，她用啥，我们也用啥。小区居民对此有点犹豫，觉得是不是有略带变态的嫌疑。老爹自告奋勇、一马当先、死而后已、义无反顾走进店里买了件黛安芬的内衣。

全小区轰动了，当天出了三个新闻：

南京作家陈末头顶女式内衣，咧嘴傻笑摔进河里，小区居民深表同情，感动落泪，并且纷纷喊打死他。

木头便利店卖黛安芬女士内衣，说明荷花姐穿的就是黛安芬。荷花姐暴跳如雷，勒令木头便利店尽快整改。

木头哥从哪儿来的消息渠道，才确定去进货黛安芬呢？小区居民质疑，现场天龙嫂突然陷入半昏迷状态，所谓半昏迷状态，是指昏倒在地，趁人不注意，迅速走回家了。

木头便利店经此一役，逐渐正常营业，偶尔还能买到盐糖酱醋。老爹说，这个人不是呆板，而是对其他东西不上心，不在乎。

我问："你怎么知道的？"

老爹说："本来以为他傻了吧唧，又比较富裕，能去骗点钱，没想到使尽了手段，他就是没中过计。"

我将信将疑，直到周日燕山大师的老婆出现，要收缴本周小饭馆营业额。

燕山大师顶着光头，高高胖胖的，一米八的个子，体重两百斤，神奇的是他跟老婆加一块儿，平均身高还是一米八，平均体重还是两百斤。

所以这对夫妻打架，简直天崩地裂。暴龙举着菜刀，追杀哥斯拉，一步一个脚印，整个小区都在颤抖。老爹介绍："这是大伙儿非常重要的一个娱乐项目，你可以在旁边看，可以加油，可以鼓掌，但千万不要劝架。"

我问："为什么，他们会反过来砍你吗？"

老爹说："不是的，他俩没什么主见，一劝就和好了。"

当天我目睹了全过程，燕山大师告诉老婆，这周生意不好，没有人来吃饭。老婆接过一百多块钱，点点头说："那下周加油。"

这就放过他了，果然没什么主见。

此时木头哥突如其来，走进饭馆，扔给燕山大师五百块钱，说："这周天天在你这儿吃饭，今天一起结啊。"

燕山大师脸色大变，还没来得及解释，他老婆已经抓住板凳，咔嚓一声，板凳腿被掰成了两截。木头哥冲出门就喊："打起来啦！打起来啦！"

这一架打得特别激烈，因为涉案金额庞大。

老爹偷偷说："你看，木头哥不能惹，杀敌五千万，自损一个亿。"

燕山大师鼻青脸肿那两天，跟木头哥仿佛换了个人。木头哥面带微笑，没事就跟人问好。燕山大师深沉地思索，不知道在研究什么高深的问题。

最异常的反而是老爹，神秘兮兮地在宠物店晃悠，跟做贼一样。按照他的判断，燕山大师的报复必然出现在宠物店，与其碰运气，不如抢先一步占位置。

占什么位置？看打架的有利地形，相当于电影院第七排正中间。

皇天不负有心人，老爹捧着饭碗蹲在犄角旯晃，燕山大师满脸创可贴走进来，拎着塑料袋递给荷花姐："刚做的，青团，好吃。"

荷花姐摆摆手:"我不怎么吃甜的。"

燕山大师说:"我大老远送过来的,你就拿着吧。"

我跟老爹心中都是一惊,什么叫大老远,不就在隔壁吗?

荷花姐推不掉,接了过去,对老爹招手:"一块儿吃。"

老爹狐疑地盯着青团,说:"我可能也不怎么爱吃甜的……"

燕山大师勃然大怒,拿了一个就往自己嘴里塞,三口两口咽下去:"你是不是以为我下毒了?老子吃给你看!"

话音未落,木头哥正好溜达过来,惊奇地问:"你怎么在这儿?"

燕山大师转身就走,木头哥问老爹:"什么东西?"

老爹一边吃一边回答:"荷花姐给我吃的,青团。"

木头哥一把抢过去:"什么给你吃的,都是我的。"

整个过程错综复杂,善恶交织,充满了对人性的算计。最终燕山大师吃了一个,老爹吃了两个,木头哥吃了五个。

所以燕山大师拉了一天,老爹拉了两天,木头哥拉了五天。

据说燕山大师一共放了半斤巴豆做馅儿。

这一来一去两个回合,我算了算,燕山大师被揍了一顿,拉了一天。木头哥损失五百,拉了五天,勉强打平。但老爹拉了两天,不知道图个什么。

老爹得意地说:"要不是我当机立断,破釜沉舟,他们的仇恨可能就化解了。"

他们一群人整天吵吵闹闹，但老爹一直没有掏钱把我买下来。

所有人都知道，老爹要结婚了，想送一条狗子给新娘。

直到第七天，老爹咬咬牙，跟荷花姐做了商谈。

事后他跟我解释，七天我还没被卖掉，说明和他有缘分。

他蹲下来摸着下巴，挠我的肚子，咳嗽一声问："多少钱？"

荷花姐说："一千二。"

老爹说："这么便宜。"

荷花姐说："这只种不纯。"

老爹站起来，转圈，一脸沉思的样子。

荷花姐说："你是不是在研究怎么砍价？"

老爹说："感觉砍太多了不合适。"

荷花姐说："没什么不合适的，你砍一下我看看。"

老爹说："两百。"

荷花姐说："你这就不合适了。"

老爹说："我们一起来完成一件创举吧，我敢打包票，从来没有人这么干过。如果成功了，你可能会被世人歌颂。"

荷花姐说："你走吧，我要打烊了。"

老爹说："我快结婚了，因为钱不够，买的是二手房。又要装修，又要换家具，原本我手头确实有一千多，今天刚给老婆订了个包，实在周转不开。"

荷花姐说："一千多能买包？"

老爹奸诈地笑了，说："分期付款的。"

荷花姐说："所以呢，关我什么事？"

老爹握住荷花姐的手，诚恳地说："所以，这条小金毛，我们也分期付款吧，一个月两百，六个月结清。"

荷花姐震惊了，说："你真不要脸啊。"

我成了世界上第一条分期付款的金毛狗子。

在老爹付款到我的卖身分期第二期，他结婚了。说实话，以我的狗脑子，不太理解婚礼这件事，但当成一场盛大的派对就好了。

麻将四人组给他出了很多点子，包括在酒店大门挂上 LED 屏，实时滚动客人们包的份子钱。比如，木头哥，礼金两百元，末等席；荷花姐，礼金一千元，头等席；燕山大师，礼金五张报纸，打断腿。

老爹穿得人模狗样，喝得屁滚尿流。事先把我托付给了荷花姐照顾，我那时已经不是巴掌大的小狗子啦，我静静地趴在她脚边，远远看着那个西装笔挺的男生。他眼睛里亮亮的，好像萤火虫攒了一辈子的灯火，今天要烧光光。

这是我唯一一次见老爹穿西服，打领带，头发剪短，整整齐齐。

可惜了，听闻这套衣服花了不少钱。

这一天，满场欢呼拍桌子，我年纪又小，非常激动，差点尿了。

老爹站在台上，牵着新娘的手，对下边几十桌亲朋好友说："我是陈末，感谢大家！"

台下一起鼓掌叫好，并且发出欢呼："下去吧！"

老爹说："今天我是新郎，给个面子行不行？"

燕山大师大喊："想说什么赶紧的，我还等着开席！"

拍桌子跺脚起哄的人特别起劲，老爹认真地说："我爱她。"

辉煌的酒店宴会厅垂挂着无数琉璃灯，粉红的、浅蓝的、深玫的、淡紫的花枝布满每个角落，音乐是个女孩的歌声，她在唱：

我希望有个如你一般的人

如山间清爽的风

如古城温暖的光

从清晨到夜晚

从山野到书房

…………

只要最后是你就好

老爹说："我爱她。"

整个大厅一下子从喧闹变得悄无声息，人们静静地看着他。窗台的每片棱镜，花瓶的每条纹路，空气中每一缕糕点的甜香，夕阳穿越窗台的每一道金色，都在轻声诉说着这三个字。

我爱她。

满场除了悠扬的音乐和人们怦怦的心跳，是寂静无声的。

老爹对着女孩说："老婆，其实两年前你因为我到了南京，你没有朋友，也没有亲人，一个人住在公寓里面。当时我有一句话想对你说，可是平常说不出口，今天终于说出来了。"

这个没出息的东西，没到煽情的部分，居然开始哽咽了，哽咽的程度越来越剧烈，第一段讲了一半，已经泣不成声。

"有一次我们吵架，你躲在房间里面，在那边哭，然后我怎么敲门，你都不理我。听到你哭的声音，我发现，这个世界上，除了我妈妈，还有另外一个女人，她哭泣的声音会让我整颗心都碎掉。我怎么能让你哭呢，在我见过的所有人之中，你是最单纯、最善良的那一个。我觉得当时就快要死了，难过得要死，如果我死掉了，下辈子会做一个酒窝，这样有我在的话，你就永远是笑着的……"

老爹穿着西装，小镜穿着婚纱，而我是走进这个家庭的一条幸福的狗子。

老爹絮絮叨叨，台下有人凝视，有人微笑。我抬头看到荷花姐，她的眼泪掉下来，掉在我的耳朵上，我舔舔她的手心。她望着台上那片花海，眼睛里也有一只萤火虫。萤火虫裹在泪珠中，反射着全场的灯火辉煌。

荷花姐后来告诉我，人啊，自己幸福，会傻笑，最好的朋友幸福，会落泪。

所以这个星球每天举办的无数婚礼上，兄弟抱头痛哭，闺密哭花了妆，这是最珍贵的感情之一呀。

你是老爹最好的朋友吗？

萤火虫飞舞之前，是的。萤火虫死了之后，不知道了。

你快乐吗?

滴答，很小很小的滴答，就跟老爹的眼泪从脸上滚下来的声音一样小。

伴随着可乐在冰箱里打呼噜的声音；

书架上有页纸偷偷想抖掉几行字的声音；

风满怀心事，在树叶上一笔一画记下来的声音。

那么小，我就明白了，人类喜欢混血儿，说混血儿聪明漂亮，但人类不怎么喜欢混血狗。

来宠物店的客人，许多都是特别懂品相的，他们说我太失格了。

我的毛没有那么金黄，而是闪亮的奶茶色，脸也比金毛冠军的标准细了些，恐怕这辈子也无法整容。

失格这个意思是说，失去了纯种狗的资格。

被判定为失格的狗会很惨，只有半卖半送才能找到人家。当时我看老爹戴副墨镜满脸傻笑，仿佛暴发户，心想他肯定不会贪便宜要我的。但老爹抱起了我，说："这条狗子的耳朵怎么那么大，哈哈，太拉风了。"

我在老爹怀里，头一次感觉自己的大耳朵还挺好看的。

我做梦也没想到，那副墨镜是他在小区门口捡的。他写小说，经常写一句话："我怎么穷得狗一样。"

他把我抱回家，搜资料买狗粮，买狗窝，以及分期付款。

老爹带我玩，小区人人爱养狗，尤其是泰迪。每到傍晚遛狗的时候，广场上全是泰迪方阵。泰迪的主人们很挑剔，在偌大的泰迪群中也能找到最贵的那只。

每当泰迪主人指出我的失格时，老爹就掀起我的耳朵，说："喊，冠军贵宾有什么了不起，我家是小飞象。"

狗子的自信都是主人给的，我从畏畏缩缩变成小区一霸，都因为我爹没来由的骄傲。

我问老爹："你不介意我是条串串吗？说不定我祖上哪一辈还是条癞皮狗。"

老爹回答我："就算你是条癞皮狗，我也不会介意，你的耳朵那么大，太'酷炫狂霸跩'了。"

老爹心中的"酷炫狂霸跩"包括：一边工作一边去摆地摊，没钱的时候捡几个废纸箱卖掉，在饭馆连西红柿蛋汤都装进可乐瓶打包带走……这些明明没错，做起来却觉得尴尬的事情，老爹都用"酷炫狂霸跩"来解释。

老爹说："梅茜你记住了，别人比品相的时候，你就说你耳朵大；别人比车子的时候，你就说你耳朵大；别人比房子、比钻戒、赛表盘的时候，你就说你耳朵大。"

我说："老爹，你这样是不是自欺欺人不敢比呀？"

老爹说："懒得跟他们比快乐，他们不懂。"

但是我懂，老爹和我一样，只要在乎的人也在乎你，那就十分快乐，外加"酷炫狂霸跩"了。

他一直很快乐，直到离婚那天，开始哭了。

他哭了很久。他以为自己哭了半年，其实我知道，他睡着了在梦里也会哭，这么下来应该算一年。当他把自己关进卧室时，我就用脑袋推开门，咬着狗窝拖进去，摆在床边，悄悄躺下，听着老爹眼泪从脸上滚下来的声音。

那声音很小。

我在院子遇见过一只麻雀，他受伤了，摔进草丛。他死前两只脚抽搐了一下，对着我说："我心碎了。"

然后我听到滴答一声。

滴答，很小很小的滴答，就跟老爹的眼泪从脸上滚下来的声音一样小。

伴随着可乐在冰箱里打呼噜的声音；书架上有页纸偷偷想抖掉几行字的声音；风满怀心事，在树叶上一笔一画记下来的声音。

那么多声音，可是特别安静。

深夜的草地，老爹仰面朝天躺着，身边一堆啤酒罐。他闭上眼睛，说："梅茜，是一个英语单词。"

梅茜。

Mercy.

喜欢的人不同情你，至少要学会怜悯自己。

个子小就小吧，幸福就好

我有十六个朋友，七个人，九条狗。都有段时间没见了。
其中有两个朋友是假的。我不太明白，不爱何必装欣喜。
老爹说不能点名，因为万一见面，
你还是要假装热情，我还是要假装雀跃。

每天都有人指着我说："哎，快看小金毛！"

我以为自己真的很小，看着走路经过的泰迪穿过草坪，在我家
院子的栅栏钻来钻去，非常羡慕。于是鼓起勇气也去钻，结果卡在
栅栏里了。

本来我打算用屁股先钻的，后来发现方向不太好把握，就用头
先钻。才过去一只耳朵，半张狗脸动都不能动了。

其实还蛮疼的。

院子虽然很小，世界虽然很大，但不能钻出去，要堂堂正正从
门口走出去，不然会被卡住脸。

老爹走过来，我怕丢脸，就没吭声。

他说："要不要我帮你推出去？"

我头没法动，嘴巴也张不开，只能喊"咕咕"。

他一推，疼得我眼泪当时就下来了，连声喊："咕咕咕咕。"

他说："那我拉你进来？"

我说："咕咕咕咕。"

他一拉，我灰头土脸地抽出来，不敢睁眼看他，"咕咕咕咕"地叫着，躲到躺椅底下。

过了一会儿，老爹抓了一把米，丢在我面前。我诧异地看着他，他说："你不是咕咕咕咕地叫，变成鸽子了吗？"

我气得眼泪当时又下来了。

我也不知道为什么，自己的个子就是比正常金毛要小一圈。这点困惑了我很久。

有一次老爹带我去超市，他在排队，我趴在他脚边。好不容易快轮到我们，前头是一对情侣。

女的说："快看，小金毛。"

老爹说："两岁了。"

男的说："哎呀，两岁长这么小，是不是种不纯？"

女的说："养狗嘛，就要买纯种的狗，不纯的养了也白养。"

我听得眼泪当时又快下来了。

那男的一边唠叨，一边买了包二十块的金南京。

女的说："不会是假的吧？"两个人一边说，一边就在那儿拆烟，打算抽一根看看真假。

老爹看都不看他们，丢钱到柜台，说："拿包中华。"

木头哥问："硬中华还是软中华？"

老爹说："软的，我家狗不能闻五十块钱以下的烟味。"

木头哥说："好。"

老爹说："快点，白痴。"

我们昂首挺胸离开超市，我偷偷看了眼那对男女，那个女的恶狠狠地盯着男的，把手里的烟捏断了。

回家后，老爹突然说："梅茜，我是去买剃须刀的呀，怎么变成买烟了？"

我假装什么都没听见，钻进躺椅下面。

老爹愣了一会儿，点着烟说："世事无常啊，胡子明天再刮吧。"

我隔着阳台，看院子外面，白色的栅栏，蓝色的天，绿色的树。

个子小就小吧，幸福就好。

小边牧的大飞盘

不叼拖鞋不啃茶几，我还是被揍过一次。

那天看到有辆车停在楼道口，我突然心里难过得要死，

撒腿跑过去蹲在车门边，仰头用力摇尾巴，我想和以前一样上车。

车里下来陌生人，被我吓得尖叫。

老爹冲过来揪我耳朵离开，边跟人道歉边骂我，我号啕大哭。

老爹默默看着我，这是最后一次，后来就真的长大了。

小边牧和他的妈妈就住在我的隔壁，他是我在这个小区认识的第一个朋友。

有一天我们路过小区门口的超市，小边牧浑身湿漉漉的，傻傻地坐在石头台阶上。正对小边牧的马路，有个男孩拖着箱子离开，走进出租车。小边牧坐在那里，眼睛瞪得很圆，动都不动，似乎从此以后就要永远不走了。

我一直忘不了他的眼神呀，像雪碧里慢慢冒上来的很多的气泡，又透明又脆弱，映着拖着箱子的男孩，仿佛这就是整个世界了。

我问老爹："小边牧眼睛里那亮晶晶的是什么？"

老爹说："因为知道再也遇不上，碰不到，回不去，所以，这就是眷恋了。"

小边牧脚边放着飞盘，他叼起来，眼神一点点黯淡下去。

我问老爹："如果他飞快地跑飞快地跑，会不会有可能追上呢？"

老爹说："有时候我们跑得飞快，其实不想跑到未来，只是想追上过去。可是，就这样了，每个人都有深深的眷恋，藏起来，藏到别人都看不见，就变成只有自己的国度。其实不用怕啊，这些就是人生的行李了。"

小边牧叼着飞盘，摇摇晃晃站直，躲在超市里的女孩走出来，想拽走他的飞盘。小边牧死死咬住，一边哭一边不肯放。女孩也哭了，蹲在路边。小边牧吭哧吭哧跑过去，拼命仰着脖子，把飞盘举得很高。

后来我问小边牧："那时候你在想什么？"

小边牧说："妈妈哭了，就是下雨了，但是我没有伞，只有飞盘。"

那是个晴天，有只小小的边牧，用飞盘给自己的妈妈挡雨。

我啪嗒啪嗒走到隔壁，敲敲门，认真对着小边牧说："你好，我叫梅茜，请让我做你的邻居好吗？"

小边牧叼着飞盘，愣愣地点点头，说："好。"飞盘啪嗒掉在地上，他吧唧又叼起来。

我们可以一起长大，被最爱的人摸着头顶。可人山人海，总有人要先离开。失去的才知道珍惜，能失去的就不值得珍惜。

不如从现在做起，否则连身边的都会失去了。

老爹爱喝酒，经常醉醺醺地回家。

音响偶然会放到一首歌，叫作《浮尘》，里头有风沙和哭泣。在结束的时候，一个轻快的声音说："你看，他好像一条狗吧。"

茶几留着我啃坏的洞洞，墙壁留着照片脱落的胶水，窗帘永远停在半片耷拉的位置，房间温暖，一天天变化却变不掉以前的痕迹。

如果老爹清醒，就经常跟我们泡在一起。

面对老爹，黑背问的问题比我还多。边牧扑闪眼睛，摇摇尾巴，不乐意发言。

边牧就是这样，你不知道他想要什么。总有一些人，他说不出口，是因为觉得得不到。

老爹说，面对想要的东西，立刻去要是勇气；面对想要的东西，摇头不要是魄力。如何做到又有勇气又有魄力呢？那就面对想要的东西，今天要不到，明天我再来试试。

听老爹说完，边牧扑闪眼睛，依旧沉默。

之后我们忘记了这茬儿。天黑了我们去找边牧，他妈妈喝多了，趴在桌上喃喃自语，说："小小的幸福算个屁，一定要有大大的幸福啊。"

边牧默默和我们出门，飞快跑到路边，我跟黑背不明所以，陪着他飞奔过去。

过了很久，我忍不住说："边牧啊，你告诉我们，从小苦练飞盘技术，是为了当幸福降临时，要替妈妈接住。可是也别坐在马路边，仰头盯着酒店的顶楼发呆了。那是飞碟餐厅，我觉着很难掉下来。"

　　我劝他说："回家吧。"

　　却拖都拖不走，他还哭。

　　我和黑背只好静静陪着边牧，一起仰头盯着酒店顶楼那个大大的飞盘。

　　我也有过妈妈的，她开着一辆白色的越野车走了。

　　走在路边，开过去白色的越野车，我就会追很久很久。

　　也许，我也有眷恋。

番外:
飞盘掉了!

如果站在六楼,往北边数七栋房子,就是梅茜家了。

1、2、3、7……这到底是四栋还是七栋?

哪天你迷路了误入一个小区,看见一只金毛经常飙到五十码,那就是我了。

速度太快有巨大的风险。我卷起风暴,超越声音,横穿落满树叶的草坪,突然斜角蹿出辆小破孩的三轮车,急拐弯没刹住,往草坪滚出去十几圈!耳朵噼里啪啦抽着自己脸……旁边有条边牧叼着飞盘,一动不动震惊地看着我……

山炮,你飞盘掉了!

坦白说,也不知道他的眼神是震惊还是羡慕。我谆谆教导他,飞快地跑飞快地跑,跑到最高速度的时候,怒跳!

头奋力上扬,四肢平平打开,尾巴像疯子一样摇起来!注意,四肢一定要平平打开,用吃奶的力气伸出去!你会有零点八秒在滑翔!唯一的代价是,会整张狗脸拍在地面上……

边牧死也不肯尝试，他不像黑背，他没有大无畏的精神。

边牧的作用比较奇特。一次老爹给我五块钱，让我去门口买包中华，我说这点钱完全不够的。老爹挣扎着从沙发上爬起来，剑指着我大喝道："若买不回，提头来见！"

我悻悻出门，晃荡几圈，买几根火腿肠吃掉了。突然灵思闪现，分给隔壁边牧半根，让他跟我一起回去。

到家了，老爹挣扎着从沙发上爬起来，剑指着我大喊："中华呢？"我摇头。他刚要借机发挥，我迅速抓住边牧的耳朵，提起边牧的头。

老爹如遭雷击，倒退几步喃喃道："这就是提……提头来见……"

分家

但我偶尔会想他。

偶尔的意思是，每半小时想一下。

曾经呢，老爹有一辆白色的越野车，小镜坐在副驾，他会打开后排的车门，我连滚带爬地冲进去，一家三口去兜风。

兜风虽然愉快，可惜容易出事。

老爹穿衣服比较没谱，半夜带我去超市买火腿肠，懒得找外套，披条床单就出门了。小镜对此十分愤慨，觉得他拉低了整个家庭的着装水平。我倒是无所谓，丢脸这种事情我也算个行家，按照他的德行，没有屁股挂一口锅去逛街，已经比较讲究了。

老爹带着我去接小镜下班，兴冲冲的，还带了礼物。小镜刚上车，脸色铁青，说："你看看你穿的什么。"

老爹说："还行啊。"

小镜怒视他的脚。

他下身运动裤，鞋子却是一双皮靴。

小镜说："你疯了吗？"

老爹傻笑，说："急着接你怕迟到，随便穿的，有创意吧，哈哈哈哈哈哈……"

我没敢跟着笑，我又不傻，这时候附和他等于自杀。

在恐怖的沉默中开了二十分钟，小镜突然爆发了，说："你下车。"

老爹说："高架怎么下车？"

小镜说："下车，我不想跟你在一辆车里。"

老爹和我被赶下车，一人一狗战战兢兢地沿着高架最边上，徒步走了半小时。车子在我们旁边呼啸而过，望着老爹的背影，我特别担心他想不开，一头从高架上跳下去。

他的礼物是一盒面窝，是白天他在家用油锅炸的。我永远记得他满脸面粉的样子，忙活着对我说："人都有两个家，出生一个，结婚了又一个，以前那个就叫老家。小镜嫁到南京了，我要学会做她老家的小吃，她就会真的把这里也当成家。"

看来，他失败了。

类似的失败还有很多次，具体过程我搞不清。他们相恋三年，可是婚姻只有非常短的时间。

新家老家，最后分家。

分家前我只有一个狗盆，分家后我还是只有一个狗盆。

老爹把我送到宠物店住了一段时间，号称去外地出差。

我不想住宠物店，又哭又闹的，老爹说："坚持坚持，挣点钱买鸡腿吃。"

我说："你这就是逃避，快过年了出啥子差，老婆都跟人跑了。"

老爹气得手发抖，看样子要揍我。

我赶紧说："那我住宠物店吧，你去出差，不是逃避。"

老爹背着行囊，走出宠物店门口，荷花姐叫住老爹，说："今天你应该庆祝一下。"

老爹说："为什么？"

荷花姐摊开双手，晃了一晃，说："今天正好满六个月，你结完这笔账，梅茜的分期付款就结束啦。"

老爹愣了下，说："怎么正好是今天。"

荷花姐说："对呀，时间真快，我第一次碰到买狗还要分期付款的，更没想到你还能付完。哎，你哭什么……"

老爹冲她笑笑，比哭还难看。

荷花姐说："照顾好自己。"

老爹点点头，走了。

荷花姐犹豫了一下，大声喊："你还回来吗？"

老爹背对着她挥挥手。

我明白的，老爹心里一定在想，那么今天正式是一家人了，可是已经分家了。

小镜终究回去了，回到早饭是面窝的老家。

在宠物店我认识一些朋友，边牧和黑背什么的，大家一起玩球。

老爹不在，我偶尔会想他，整体是奔放而洒脱的。左拐小卖部偷火腿肠，右拐大排档等红烧肉，整条狗充满活力，就差能飞了。

但我偶尔会想他。偶尔的意思是，每半小时想一下。

我也想那辆白色的越野车。

彪形大汉的玻璃心

我现在速度五十码，耳朵七寸长。

我喜欢现在自己炸裂的样子。

几年前，我是条走一步滚一圈的小狗。

可是如果能永远停在 2010 年，

我愿意永远是条走一步滚一圈的小屁狗。

我在小区的第二个朋友是条黑背，据说是这个小区赫赫有名的武术家。

黑背长相凶残，一开始我不敢跟他玩。

晚上去广场溜达，黑背正在打坐。他看见我，假装不经意地大声喊："五郎八卦棍之十二路弹腿，一定要连续弹十二次，才是正宗的！"

喊完就开始弹，后腿直立，前腿猛向前一踢，冲出去半米，这就叫弹一次。连弹十一次，弹到河边了，黑背犹豫了一会儿，大喊："死也要弹十二次啊！"

然后就掉到河里去了。

我拉他上来的时候，他眼圈红红的。

他说："小金毛，你叫什么？"

我说："我叫梅茜。"

他说："你不要告诉别人好不好。"

我说："我只告诉边牧。"

他大叫："不可以！你将来告诉别人，我现在就会逐渐死去。"

我说："为什么啊？狗子会游泳，你淹不死的。"

他闭上眼睛，缓缓躺倒，瑟瑟发抖，说："但是好冷啊，梅茜，我快死了，活活冻死的，只有围巾才知道我脖子的温度，想要我活下去你就不能告诉边牧。"

我瞠目结舌，还押韵的。

从此以后，我再也不害怕黑背了。

从此以后，我们就经常在一起溜达，但对溜达的范围要求很高。一群猫和我们争夺地盘严重，溜达的划分区域始终拿不出妥善方案。

双方决定通过比赛解决。猫们推选代表向我提出，他们选定的比赛项目是爬树。我一口答应，旁边的狗子都大惊失色。

当天下午，双方各自召集军队，密密麻麻坐满了广场的树荫。杀气阵阵，我问："准备好了吗？"引发无限的狗叫猫喊。

我一抬前腿："开始！"

三十几只猫"嗖嗖嗖"蹿上一棵梧桐树，树下蹲着绝望的狗们，捶胸顿足。

我招来黑背，说："黑背，你在树下守着，不准下来一只猫。大家各自去玩吧，上兵伐谋，一网打尽，今日终于可以安逸一整天了。"

黑背蹲在草丛，一边镇守，一边左右看看大家有没有注意他，偷偷摸出一面镜子，开始目不转睛地盯着自己。

我满心狐疑，跑过去喊："黑背，你干吗呢？"

黑背发现暴露了，讪讪收起镜子，说："梅茜，你觉得吧，我哪个角度最好看呢？"

我说："你抬头，再抬一点，果然！往左转呢，侧一点，不错！往右转，转，转，继续转，好的！可以了。"

黑背的脖子拧成麻花了，艰难又欣喜着说："梅茜，是不是这个角度？我需要保持吗？"

我沉默一会儿说："黑背，你就是传说中的 360 度无死角地难看啊！"

这就是黑背，拥有玻璃心的彪形大汉。

他具备双重身份——武术家和娘炮。

他给自己起了个英文名叫 Hebe。这个娘炮。

有一次我和他吵架。黑背说："若非看你是个女的，我一巴掌就扇过去。"

我说："你是娘炮。"

黑背气得浑身发抖："你再说一遍！"

我说："娘娘腔，黝黑的玻璃。"

黑背嘴唇颤抖，眼眶泛红，说："你不要逼我！"

我说："狗中龙阳。"

黑背一怔，说："龙阳是什么东西？"

我说："还是玻璃的意思。"

黑背惨叫一声，泪水飞洒，掩面狂奔。

我转身看看边牧，边牧叼着飞盘，傻坐着，动都不敢动，眼睛忽闪忽闪。

我说："我厉害不厉害？"

边牧拼命点头。

我说："那你去帮我找黑背，警告他再也不要抢泰迪的饼干。"边牧拼命点头。

我说："还有……"边牧比画了个爪势，意思是记不住那么多了。

我犹豫一会儿说："还有，替我跟他说，对不起。"

至于他武术家的显赫身世，来自一次偶然事件。

小区隔三岔五做活动，清早起来在搞家具展销。我毫无兴趣，但黑背很兴奋，带着我去逛。

大爷大妈中间，黑背傲然穿梭，提醒我跟上，同时喋喋不休解释说："瞧这红木桌腿，色泽发亮，酱香的。橡木折凳，硬邦邦，嘎嘣脆。松木不行，别看纹理清晰，太苦了。"

　　我好奇地问："黑背，为啥你都知道？"

　　黑背得意地说："厉害吧？我爸喜欢用这些跟我对打。"

　　黑背的爸爸长着络腮胡子，很少出门，撞到他要么拎着烧鸡，要么买一堆光盘。

　　我说："你爸好像对生活的要求不高。"

　　黑背低落地说："好累，感觉不会再溜达了。"

　　我问为什么。黑背说："每次求老爸带我出去玩，老爸都说他正在忙。"

　　我说："这就是你不懂事了，老爸要每天努力工作，才有钱给你买烧鸡呀，你要理解他！"

　　黑背眼睛一亮，说："梅茜，你说得好对……等一下，斗地主也算一种工作吗？"

冬不拉的红糖纸

时间会摧毁一切。
我要我们永垂不朽。

亲爱的冬不拉：

天气越来越热了，作为一只比熊，我劝你不要剃毛。

你是今年3月份搬走的，我们一共见过二十五次面，我首先要第二十六次告诉你，我是女的，我不会跟你结拜兄弟的。

你的结拜大哥黑背最近很好，哭的次数比以前少了。最近一次哭是因为雨下得太大，六栋旁边那棵树掉了好多叶子。因为你的梦想是学会爬树，自从你走了之后，黑背经常去你练习的那棵树边上发呆，说他坚信你一定会成为全世界第一只会爬树的狗。

叶子掉下来之后，黑背把它叼回去藏起来了。

你的结拜二哥边牧最近倒不是太好。前几天他散步的时候，碰到一对夫妻吵架，女的很生气，把刚买的脸盆扔出去了。当时边牧眼睛一亮，就跳起来去接。由于脸盆蛮大的，所以边牧躺了好几天。

你还记不记得我的银行卡？

那张银行卡是我们一起溜达的时候，在路边捡到的。你们说我是女的，要有点钱将来当嫁妆，就让给我了。

你们说要是捡到钱，就往我的卡里面打。后来我去问过牛头㹴婆婆了，婆婆说卡的开户狗不是我，所以就算有人往里面打钱，我也拿不到。

我哭着跟老爹说，去银行帮我打个招呼，让我可以用这张卡。于是老爹去银行打招呼，结果人家骂他智障，他也哭了。所以你千万不要往里面打钱，要是真的捡到钱，就自己买包薯片吃。

我一直不知道你为什么想学会爬树。

黑背说你小时候换过主人，以前的主人跟你说，不要想他，他躲在树上，你再也看不见他了。黑背说如果你以前的主人躲在树上，那么叶子上就有他的气味，如果下次见到你，就把叶子送给你。

如果真的下次见到，我们再一块儿陪你练爬树好不好？

此致

敬礼！

梅茜

那时候，我不到一岁。我挠墙，撕床单，叼袜子，追着自己尾巴转圈。老爹看见我就气不打一处来，声称要把我五花大绑，捆在车轮胎上，一路开到乌鲁木齐，连续碾我两百多万圈。

有一天我控制不住自己，把羽绒被拉到阳台，扯成碎片。老爹回来后，我害怕得瑟瑟发抖，心想这下要从南京被碾到乌鲁木齐了。老爹只是叹了口气，和我一起躺在羽绒被的碎片上，喝了很多很多酒。

他说："梅茜，我要离开你一段时间。"

我说："老爹，我不咬羽绒被了，你不要走好不好？"

他说："家里已经没有羽绒被给你咬了。"

我说："那你要去哪里？"

他说："我要去地平线看一看。"

我说："地平线那里有什么？"

老爹沉默了一会儿，闭上眼睛说："那里有一切你想念的人，正围在一起吃火锅。要是赶过去了，就能加双筷子，边吃边等日出。"

我说："下次也要带我去，我也有想念的人，应该在地平线，我要跟大家一起吃火锅。"

老爹说："好的，下次带梅茜一起去。去流淌时间的泸沽湖划船，去开满鲜花的大理散步，去一路高高低低红色山丘的青海吹风，去呼吸都结着霜的松花江溜冰，去人人都在打麻将的成都吃冒菜，去背包客们走来走去的拉萨看一眼大昭寺。"

我用力点头："好的，这次不可以，下次一定行！从今天开始，梅茜会努力囤肉丸换车票！"

第二天我被送到荷花姐那里，再次看到老爹已经是大约两个月以后。荷花姐那里住着十几条狗子，她带着我们一起吃喝玩乐，四处溜达。

门口住着一条流浪狗子，是条比熊，头大身子小，荷花姐喊他冬不拉。

刚碰到冬不拉时，他神秘地说："梅茜，你来，给你看个好东西。"

"神马 [1] 好东西撒？"我啪嗒啪嗒跑过去，冬不拉贼兮兮地从草丛里翻了张红糖纸出来。

"介素神马？[2]"

冬不拉赶紧说："嘘，这是我唯一的财产，叫作超级世界转换器。"

我接过来，仔细看看，不就是张红糖纸嘛。

冬不拉说："不要动！"然后把糖纸放在我眼睛上，激动地说，"梅茜，睁大你的狗眼瞧瞧，世界是不是变了？"

真的，整个世界变红了！天是红的，树叶是红的，马路是红的，连冬不拉也变红了。

---

[1] 什么。
[2] 这是什么？

冬不拉拿下糖纸，说："只能借给你五分钟，现在我要收起来了。这是我从家里带出来的呢，藏在草丛里半年啦。我每天只用一分钟，你今天已经用掉了我一周的份额。"

我说："冬不拉，你为什么不住家里，要出来住在外头呢？"

冬不拉呆呆地看着糖纸，说："因为爸爸说我的种不纯。"

我嘴巴张了张，说不出话。

这时春节临近，每家每户喜气洋洋，不用糖纸，都可以衣服红通通，脸色红通通，围巾红通通，手套红通通。

过春节的时候，边牧和黑背也被送到荷花姐这里托管。黑背找到冬不拉，说："给我看看超级世界转换器好不好？"

冬不拉摇头。

黑背想了一会儿，说："你给我看一会儿，我给你亲一下。"

冬不拉猛退几步，惊恐地看着黑背。跟他一起后退的，还有边牧和我。

黑背一下孬毛了，喊："信不信我用十二路弹腿弄死你们！"

冬不拉犹豫半天，说："你发誓以后不亲我，我就给你看。"

元宵节那天，我浑身没有力气，就是躺着不想动，东西也吃不下。

黑背说："梅茜，你不会生病了吧？"

我摇摇头，说："不应该啊。"

就这么一直躺到黄昏，荷花姐推门出去丢垃圾，一推，叫道："冬不拉，你怎么回事！"

门口躺着冬不拉，一动不动。荷花姐将冬不拉抱进来，打电话。来了两个男人，一个男人戴着手套，抱起门口的冬不拉，说是狗瘟，要挂水。

荷花姐说："挂水多少钱？"

男人报了个数字，荷花姐叹口气。

男人说："这条比熊不纯，是个杂种，挂水没有意义。"

荷花姐说："那怎么办？"

男人说："我带回去慢慢养吧，看他的命了。"

荷花姐又叹了口气，回小房间给客人带来的狗子洗澡。

另外一个男人说："走吧，杂种狗，找个地方扔了。"

荷花姐在里屋，听不见的。

我一点一点站起来，眼泪哗啦啦地掉，冲着门口大声地喊："那你们把我也丢了吧，我也是个杂种，你们丢了我吧！丢了我吧！"

冬不拉被一个男人的手抓着，整个身子垂着，努力转过头，呆呆地看着我。

他嘴里牢牢地叼着那张糖纸。

然后他的眼神，像雪碧里慢慢浮上来很多气泡，又透明又脆弱，映着春节后喜气洋洋的世界。

是因为知道再也遇不上，碰不到，回不了。所以，这就是眷恋了吧。

我拼命顶着栅栏，眼泪喷着，拼命叫，拼命喊："我的种也不纯，我也是个杂种，你们把我也丢了吧！"

两个男人抱着冬不拉走了。

天就快黑了。我要去找老爹，问老爹借钱，给冬不拉治病。

老爹在地平线那边。

黑背凑到我耳边，小声说："梅茜，你记住，你只有半分钟时间。我跟泰迪大王商量过了，他们十九只泰迪负责吸引阿姨的注意力，然后你就逃出去。"

我说："怎么逃？"

这时候，突然里面房间的泰迪同时狂叫起来。荷花姐丢下手里的拖把，去看发生了什么情况。黑背突然狂吼一声，在空中一个翻滚，大叫："十二路弹腿！"

他猛地撞上栅栏，"咚"的一下被弹回来。

他是想趁机撞翻栅栏吧。

黑背眼睛通红，擦擦眼泪，狂吼一声，说："边牧，不要叼着飞盘了，放一会儿，和老子一起把栅栏弄翻吧。"

边牧放下飞盘，说："好。"

两条狗子狂叫一声，扑上去，栅栏倒了，带着一排柜子都倒了。

黑背看着我，突然大声喊："梅茜跑啊，去找你老爹，去把冬不拉救回来啊！"

于是我箭一样冲了出去。我奔上马路，黑背和边牧站在门口，在我身后，声嘶力竭地大声喊："梅茜，跑啊！"

这是我第一次听到边牧的喊声。

他也在喊："梅茜，跑啊！"

我对着太阳，对着地平线，疯狂地跑。眼泪飘起来，甩在脑后。

梅茜，跑啊！

超过路边散步的人，超过叮当作响的自行车，超过拥挤的公交，超过排队的站台，超过一棵棵没有叶子的树，超过一切带着冰霜的影子。

梅茜，跑啊！

这不是个红的世界，我要帮冬不拉把糖纸追回来。我能听到自己的心跳，听到自己的喘气，喷出来的白色雾气模糊双眼。但是，梅茜啊，你要跑到地平线去，不然冬不拉就会死掉。所以，梅茜，跑啊！

梅茜，跑啊！

老天给我们躯干四肢，就是要捕捉幸福，尽力奔跑！老天给我们眼耳口鼻，就是要聆听天籁，吻遍花草！老天给我们"咚咚咚"跳动的心，就是要痛哭欢笑，一直到老！

而我们要去流淌时间的泸沽湖划船，去开满鲜花的大理散步，去一路高高低低红色山丘的青海吹风，去呼吸都结着霜的松花江溜冰，去人人都在打麻将的成都吃冒菜，去背包客们走来走去的拉萨看一眼大昭寺。

　　梅茜，跑啊！

　　我跑得双眼模糊，浑身发抖。但耳边一直回响老爹的声音："梅茜，你记住，正能量不是没心没肺，不是强颜欢笑，不是弄脏别人来显得干净。而是泪流满面怀抱的善良，是孤身一人前进的信仰，是破碎以后重建的勇气。"

　　所以，梅茜，跑啊！

后来……

我在河边找到冬不拉。

他浑身都是泥巴，眼睛闭着，一动不动，嘴里叼着一张红糖纸。

我想推推他，但自己也没有力气，就一点点趴下来，趴在冬不拉旁边。

大概，我会和冬不拉一起死掉吧。

我讨厌狗瘟，我讨厌打针挂水，我讨厌莫名其妙地掉眼泪，我讨厌自己软绵绵的，没有力气，我讨厌走不动，我讨厌这样冷冰冰的地面。

我想念老爹。

假如，假如我们永远停留在刚认识的时候，就这样反复地晒着太阳，在窗台挤成一排看楼下人来人往。

我不介意每天你都问一次："小金毛啊，起个什么名字好呢？"

那，叫梅茜好了。

老爹在离开我之前的晚上，醉醺醺地趴在沙发边。

我问老爹："金毛狗子厉不厉害？"

老爹说："非常厉害。"

我说："厉害在哪里？"

老爹想了一会儿说："厉害在攻击力为零。"

这个打击相当大，我连退几步，感觉晴天霹雳，攻击力为零攻击力为零攻击力为零攻击力为零攻击力为零……难怪每个保安看见我都兴高采烈地说："梅茜，来，抱抱。"

我要咬死你们啊，咬死你们啊！

我疯狂地冲出去，转了好久，才碰到一个保安，赶紧连头带腿猛扑！

保安看见我，兴高采烈地说："梅茜，来，抱抱。"

我一个急刹车，兴高采烈地说："好的！"

…………

咬死保安的计划失败。我哭着回家。

"老爹，我咬不死人怎么办？"

"梅茜，你可以尝试拥抱他。"

"老爹，这是不是攻击力为零的命运？"

"嗯。"

"那你要去远方，是不是也因为自己攻击力为零？"

老爹没有回答，睡过去了。第二天他去了远方。

我想，自己死掉了，现在奔跑不到终点，就能踩着老爹的脚印，飞到那些我们梦想中的地方吧。

那里，每个人的攻击力都为零，互相拥抱。

在最好的天气，最好的问候里，我可以跟老爹吃火锅，看小说，喝一点点啤酒。

我看着自己布满泥浆的爪子，脑袋挪到上面，那是让老爹摸摸头的姿势。

边牧和黑背气喘吁吁地跑过来。黑背大呼小叫："梅茜！你怎么死得比冬不拉还要快？"

边牧放下飞盘，定定地看着远处，小声说："梅茜，你瞧那边，是不是你老爹？"

我甩甩耳朵，拼命仰起脑袋，往边牧说的方向看。

嗯，这是老爹离开后的第五十五天。

看那垂头丧气走路的样子，就是他了呀。

还没等我确定，黑背大叫："看那垂头丧气走路的样子，就是你老爹了呀！"

黑背上蹿下跳："我不会游泳，边牧，你会不会？过去把梅茜老爹喊过来啊！"

我努力说："不要！河里全都是泥巴，会爬不出来的。"

边牧沉默一会儿，呆呆地说："那我跳过去。"

黑背大惊失色，下巴差点掉了，震惊地说："边牧，你会草上飞吗？这么远也跳得过？"

边牧摇摇头："我从来没有跳过那么远。"

黑背急得团团转："完蛋了！"

边牧用脚推推飞盘，对黑背说："你把飞盘扔出去，我就假装是去接飞盘，可能会跳得远一点。"

黑背嘴巴张大："这样也可以？"

边牧没有回答他，后退了好几步，喊道："黑背，扔啊！"

黑背龇牙咧嘴，咬住飞盘，用尽全身力气，把飞盘甩向河对岸。

太阳要落山了。飞盘笔直射进金黄色的光晕里。

边牧一声不吭，疯狂地冲刺，那一瞬间，我确定他超过了我的五十码。

因为他像闪电。

他要去接飞盘。

就像我们都是攻击力为零的白痴，他只懂得拥抱，所以他的命运就是去拥抱那个男孩唯一留下来的飞盘。

在边牧沉默的冲刺里，黑背眼泪四溅，大喊："如果可以，请你飞起来啊，边牧！"

曾经有人抱抱我，对我说："梅茜，时间会摧毁一切。"

但我要我们永垂不朽。

人山人海，总有人要先离开。

失去的才知道珍惜。能失去的就不值得珍惜。从现在做起，否则连身边的都要失去。

所以，请你飞起来啊，边牧！

于是边牧飞起来了。

边牧飞起来了。

去追那个飞盘。

太阳要落山了。边牧笔直射进金黄色的光晕里。

梅茜：“你说我把烟灰缸、海碗、王老吉、锅盖、吧椅、香蕉、枕头、五斗橱、抽油烟机、毛豆米、鲳鳊鱼、扑克牌、平底锅、漏勺、iPad、衣架子、保险箱钥匙、门卡、蓝光播放器、蒸笼、茶几……全部同时丢出去，隔壁那条边牧能接住几个？”

老爹：“呵呵。”

The Journey
with You

第二话

记得带我回家

The Journey with You

你在悲伤的时候，要允许我有机会躺在你脚边，
我的脑袋毛茸茸的，你摸一下会暖乎乎的。
你在快乐的时候，要允许我有机会绕着你奔跑，
这是我表达幸福的唯一方式。

我的世界很小。哪怕尽了全力，还是有无数的地方是远方。

被海豚追逐的薄荷岛，坐上门板当火车的柬埔寨，

悬崖上色彩斑斓的五渔村。

最美的地方我都到不了。

我能做的事情很少。在门边等你回家的脚步声，

在草地上追逐同样晒着你的阳光，

听雨点打在玻璃上的声音。

我是金毛梅茜。我讲故事给你听，你要记得来看我。

让我留在
你身边
The Journey with You

斜着穿越城市，绿灯亮起，行人凶猛，我夹杂在人群中过马路。

过了一个又一个路口，繁华的大街，深幽的小巷，还沿着湖泊走了一段。

天黑了，雨哗啦啦下，我在天桥下面躲了一阵，舔了几口雨水。

我很讲卫生的，但是太渴了。

雨越下越大，路面倒映着霓虹灯，仿佛整个城市颠倒了。我不想等了，踩着大大小小的水坑，嗒嗒嗒，嗒嗒嗒，继续向前。

我会收集你所有的脚印，雨水打湿的要晾干，微风吹乱的要整理，夜晚淹没的要擦亮。

有些地方走不过去，我也要努力试试看。在睡觉之前，把它们都铺开来，撒满我的四周，假装你围绕着我的世界在转。

老爹说，相聚分离都是偶发事件，但我们永远都要在一起。

没关系，这些是我的财产，梅茜一定要好好保管。

出发

"那我们还能做朋友吗？"
"可以，当然可以。"

老爹回来以后，似乎接受了自己是个离异中年男人的现实，整个人积极向上，几乎到了猥琐的地步。

他依旧不工作，号称没有灵感。根据我的观察，他打开过一次电脑，写了一行字：啊，春天不错的。

过了半个月，再次打开电脑，句号改成感叹号。又想了想，把"春天"改成了"春卷"。

这样的工作效率，导致我们家经济状况每况愈下，老爹翻箱倒柜，把床底下藏着的几箱茅台酒拖出来，卖掉了。

接着就是大口吃肉，大碗喝酒的生活。

他去斩烤鸭，人半只，狗半只，对此我表示满意。但他吃烤鸭的时候，坐在院子里，冲着对面二楼阳台的女式短裙，一边吃一边发出嘿嘿的笑声，让我有点狗毛悚然。

果然，他对我这条无法自食其力的狗子提出了要求。

狗的悲哀就在这里，没有工作，没有工资，傻爹要干傻事，你也只能服从。

老爹说："梅茜，你能不能叼个妹子回来？"

我说："妹子比我体积大，我可能搞不定。"

老爹说："你天天叼瓶子破布什么的，不会有什么出息，叼妹子才是正道。"

我说："你不是刚离婚吗？没车没钱，妹子看不起你。"

老爹沉思，叹气说："这倒也是，要想想办法。"

我点点头，说："老爹，开始崭新的生活吧！"

老爹点点头，说："崭新的生活，从你学会叼妹子开始！"

烤鸭吃完，老爹手机响了。

他去洗手，我叼着手机在旁边等，没看清屏幕，他接过手机的瞬间，我突然整颗心揪了起来。

铃声一直响，老爹接了。

老爹的声音很平静："你好。"

我耳朵非常厉害，听见手机里说："陈末，你还好吗？"

"我挺好的，你有事吗？"

"其实，我应该跟你说对不起的。"

"大家都是成年人，这种事情，正常。"

"你真的没事？"

"没事。"

"那我们还能做朋友吗？"

"可以，当然可以。"

老爹的声音越来越平静，但我看见他的脸上眼泪慢慢滑下来。是这样的吧，人们心里的萤火虫，都在泪水中死去。

手机里说："陈末，我要结婚了。"

我打了个冷战，这边还没走出离婚的阴影，那边就快走进婚姻的殿堂，闻者落泪，听者惊心。

老爹爽朗地笑了："恭喜啊。"

"其实今天开车回了趟南京，去单位拖一点东西，上次没带走。车子坏了，放在以前那家修理站，你方便的话，等修好了，找个代驾开给我行吗？"

老爹保持爽朗的笑，像视频卡住了，有声音，没动作。

手机里问："喂，喂，你在听吗？"

老爹擦擦脸，说："没问题。"

"麻烦你了。"

"不麻烦。"

"嗯，你好好的。"

几天后，老爹取了车，带上我，开出小区。

终于又坐上这辆白色越野车了，我高兴地蹦跶，脑袋伸出窗户，风吹得耳朵啪啦啪啦打着脸。

小区门口，荷花姐招手，老爹停下车问她："怎么了？"

荷花姐问："你去哪儿？"

老爹说："吃饭不小心腿摔断了，去医院抢救。"

荷花姐翻个白眼，说："人家又要结婚了，你干啥，抢亲？"

老爹张大了嘴巴，震惊地说："你怎么知道？"

荷花姐说："那啥，有朋友圈。"

老爹晃了晃，说："哈哈哈哈哈哈哈哈……"

荷花姐说："完了，看来你被屏蔽了。"

老爹说："无所谓，她车落在南京了，我给她送过去。"

荷花姐掏出钱包，抽出几张给他："油费。"

老爹说："怎么能要你的钱……这个不够啊！"

荷花姐说："就这么多，记得要还。"

老爹说："好的。"

老爹上路之后，我往后看，发现荷花姐在宠物店门口，一直站着，直到车子拐弯，消失不见。

荷花姐不算非常美丽，中短发垂落耳边，平常穿衬衣牛仔裤。

但清晨的阳光下，她站在店门口，只有我发现，她穿着粉粉的裙子，像微风中一片花瓣，逐渐变淡，淡到没有。

也只有我知道，我被寄养到宠物店的时候，看到她偷偷读着老爹的书，偷偷地哭。

我从未想到，这是我见到荷花姐的最后一面。

她就是非常美丽的，对不对？

借宿

不好意思先生，您闺女不能入住。

这是我第一次坐长途车，开得好远好远。老爹为了省钱，不住酒店，晚上就跟我缩在车上睡觉。他后备厢里塞着水盆和毛巾，去加油站打水刷牙洗脸，凑合了一夜。第二天黄昏，到了遥远的小镜老家。

这下总能洗澡了。

老爹找了连锁酒店，跟前台说："来个标间。"

服务员瞄我一眼，说："不好意思先生，宠物不能入住。"

老爹一愣，偷偷递给服务员一张一百块。

服务员不接："不好意思先生，宠物不能入住。"

老爹说："那来个套房。"

服务员说:"不好意思先生,标间套房宠物都不能入住。"

老爹生气:"她不是宠物,是我闺女!"

服务员说:"不好意思先生,您闺女不能入住。"

老爹开车瞎转,找到家宠物店,门面特别大。他数了数皮夹子里的钱,嘿嘿一笑,昂首挺胸带着我走进去。

店员穿着制服,热情地介绍:"本店每条狗子都有自己的单间,配备小床、空调,二十四小时随时监控您爱犬的状况。房间每天打扫消毒,喷法国进口宠物香水,绝对没有异味。后面有块草地,还有泳池,供您的爱犬玩耍娱乐,当然,游泳单独收费。小床房和大床房价格不等,可惜今天单间客满,只剩最后一间总统套房,您需要考虑吗?"

老爹目瞪口呆,说:"看看。"

穿过天蓝色的长廊,店员推开最里面的门,说:"就是这间。"

老爹探头观察:"这还挺大,多少钱?"

店员说:"888 元一晚。"

老爹说:"这得有七八平方米了吧,两条狗住的话,涨价吗?"

店员说:"如果不额外加狗粮的话,收费是一样的。"

老爹说:"不错不错,前台给钱?"

店员说:"请跟我来。"

他们最后的对话是这样的。

店员："先生，您不能睡这里边……先生……先生……老板，你快来看，有人睡狗窝了！"

老爹："呼……梅茜，你往那边一点……太挤了……呼……"

樱花和别的地方

櫻花有影子的，躺在树底下睡觉，应该能做和天空有关的梦。
另外一个城市，小镜的老家，方言不一样，早饭不一样，
人们的梦想应该都是一样的吧。
狗子的梦想，就是留在老爹的身边。

老爹带我到了一个华丽的酒店门口，那里飘浮着热气球。喷泉池旁边立起一张巨大的海报，上面的小镜挽住陌生男人的胳膊，也是婚纱，也是西服，两个人笑得多么灿烂。

只从照片判断的话，这套西服应该比老爹的贵，光看他的衬衫领子就十分高级，花团锦簇，像鸡蛋在微波炉里爆炸了。

至少这个男人不会穿运动裤搭配皮靴吧。

老爹站了半天，我差点发现不了他的呼吸，略担心直面贫富差距对他的冲击，他就这么去世了。

他呼吸了！

他重重呼出一口气，还整了整领子，才踏进酒店。

迎宾摸了摸我的头，说："今天婚礼允许宠物入场，她叫什么名字？"

老爹说："叫狗蛋。"

迎宾说："狗蛋真是胖。"

他向老爹鞠了个躬，说："人比较多，请务必带好她，走丢了总归麻烦。"

老爹也鞠了个躬，说："如果弄丢了被您找到，就当给您加个菜。"

我气得差点咬死这两个王八蛋。

我们刚进电梯，门"叮"的一下，即将关闭，一只手挡住了它，几个男人嘻嘻哈哈拥进来。他们都穿着西服，最后进来的那个，和酒店门口照片上的男人一模一样。

他的衬衣领子花团锦簇。

老爹用卫衣的帽子套住脑袋。

我没有帽子，就用耳朵遮住脸。

真奇怪，为啥我们一人一狗有点心虚。

"老哥，你这就结婚了，夸张啊，我现在还感觉跟做梦一样。"

"是啊，你俩也就交往了大半年吧？"

那些伴郎七嘴八舌，新郎说："时间短怎么了，我们是灵魂伴侣。"

其他人起哄："兄弟，你开厂的，别整得太文艺。"

新郎说："我跟她认识的时候，她已经想离开她的前男友了，但一直没下这个决心。"

这句差点吓破我的狗胆，耳朵咔嚓竖起来了，我又不是柯基，这违背了生物学，但顾不上了，偷偷扭头望老爹，他的脸藏在帽子的阴影里，看不清楚。

他们还在聊天。

电梯的数字从 1 跳到了 17，18，19……

伴郎们挤眉弄眼："兄弟，你不地道啊，挖墙脚。"

另一个说："闭嘴，你懂个屁，嫂子不是墙脚，是仙女脱离了魔窟。"

新郎说："那小子跟小镜好了三年，连个香奈儿包都没给人买过，是他错过了机会。"

我呆呆地看着这群人，眼泪就要冲出来了，我想大声喊："老爹买了，老爹买了烤鸭，还做过红烧肉，拖地洗衣服，他的拖鞋都被我咬烂了！他的零花钱都不够自己买双洞洞鞋！"

新郎说："也许有过爱情吧，幸亏没有爱下去的能力。"

害怕他们听见我的哭声，我躲在了老爹后面。

老爹的腿在抖。

顶楼走廊人影穿梭，闹哄哄。我们推开户外玻璃门，老爹把我拴在游泳池边的扶手上，招手唤来服务生，跟他说："帮我叫一下薛先生，就说有老朋友找他。"

我心惊肉跳地趴着，眯着眼发现他在做热身运动，小碎步拳击空气，龇牙咧嘴，目露凶光，杀气腾腾。

我心里琢磨，打起来的话，我拼死咬住新郎的大腿，老爹的胜算会直线上升，高达 0.4%。

大概过了五分钟，新郎推门出来，老爹瞬息躲在灯架后头。新郎点了支烟，左右找不到人，纳闷地自言自语："谁啊，大学同学吗？"

他看见我了。

我躺那儿屏住呼吸，一动不动。

糟了，可要露馅，我尾巴在颤抖。

新郎说："这谁家的狗，喂，小东西，你怎么在这儿？"

我装死。

死得透透的，老爹动手的刹那，我必须跟上节奏，迅速复活，扑上去咬住他的大腿！

新郎蹲下来，拍拍我的脑袋，掏出手机打电话。

老爹跟个营养不良的盗贼一样，蹑手蹑脚出现在他背后，举起拳头瞄准。

新郎打通了电话："我在泳池，这儿有只狗像是病了，叫你们经理赶紧来看看。"

他放下手机，找了一会儿，从兜里找出一颗糖，放在我的嘴边，一边摸着我的头，一边说："小朋友，坚持坚持。"

他摸我的手很温柔，老爹举起的拳头僵在空中，迟迟没有砸下去。他回头，看见老爹，愣了一下。两个人对视了一会儿，分别从眼神中读出了什么。

老爹无声地叹了口气，拳头松开，抹了把脸："梅茜，走了。"

我早就受不了这种尴尬的折磨，跳起来，犹豫了下，并没有叼起那颗糖。

新郎微笑，说："这是你的狗啊？"

他又摸摸我的头，说："搞了半天你在睡觉啊，睡这么香，你爸来了我就放心了。"他转身递给老爹一支烟，"我先走了。"

他跨过玻璃门的时候，停顿一下，并没有回头，只是说了一句："对不起。"

窝囊的老爹抽了半支烟，露台能望见远方的樱花，这座城市的道路在夜色中藏着粉红，月光和灯光让樱花像一片柔软的云雾。

樱花有影子的，躺在树底下睡觉，应该能做和天空有关的梦。

另外一个城市，小镜的老家，方言不一样，早饭不一样，人们的梦想应该都是一样的吧。

狗子的梦想，就是留在老爹的身边。

小镜穿着婚纱走来，也像一片柔软的云雾。

她细声细气地说："小薛让我过来，说你到了。"

老爹说："他对你好吗？算了，这是个傻问题……"

小镜点点头："挺好的。"

老爹把车钥匙递过去："我太消沉了，也太固执了，确实没什么前途，谢谢你还跟了我三年。"

小镜说："我没有后悔。"

老爹说："后悔也没关系，只是害你成了二婚选手。但这是新生活啊，是你想要的生活。对不起。"

小镜说："你带着梅茜，怎么回去？"

老爹说："租辆车就行。"

小镜说："连着开这么远，会很累的，比较危险。这样吧，我也挺想梅茜的，我带几天，你坐高铁，休息下再来接她。"

老爹说："也好。狗粮的牌子你还记得吧？"

小镜点头。

老爹说："那我走了。梅茜，你要乖，我过几天来接你。"

我呆呆地望着他，又看看小镜，你们的剧情随便发展，怎么牵扯到我了，狗脑子一片空白，狗眼睛不知道该表达什么情绪。

老爹离开的时候，小镜说："对不起。"

这三个人分别都说了对不起，大概含义都不同吧。

老爹不见了，我这才反应过来，怎么又要被寄养了呢，樱花除了抒情又不能吃，我不要待在这里！

我疯狂地扑出去，想往外追，爪子刨地，牵引绳被小镜还有服务员死死拽住。

老爹真是个胡乱承诺的人，这次把我也搭上了。老爹后来解释，当时混混沌沌的，别人说什么，都会点头，其实心中根本不乐意的。

后来解释有个蛋用，我还不是被留在这儿了，我只能号啕大哭了一场。

这里樱花开放，但不是我想要的地方。

大雨让整个城市颠倒

雨越下越大，路面倒映着霓虹灯，仿佛整个城市颠倒了。
我不想等了，踩着大大小小的水坑，
嗒嗒嗒，嗒嗒嗒，继续向前。

人类的婚礼，前奏漫长，后患无穷，我也算经历两次了。我住在小镜家，连续三天没有看到她。她让妈妈买了狗粮，每天带我溜达，但我没什么力气，既不想吃东西，也不想出门。

第四天老太太在叨咕，说这狗再不吃东西，就得打电话告诉老爹，让他在电话里骂我。

凭什么骂我，我丢开玩具鸭子，扒着阳台，眼巴巴望着楼下车水马龙。

一辆白色的越野车开过去。我看到了，是越野车，白色的。

血全涌上了狗脑门，团团转，我控制不了自己，趁着有人开门，似乎是小镜回家了，我像发了疯一样，从门缝冲出去。

后头听到小镜和老太太的呼唤，但我撒开腿，拼命追那辆车。车上应该有老爹，有以前的生活，有熟悉的自言自语。

喝醉的老爹曾经趴在地板上，头顶着我的狗窝，说："梅茜，你知道吗？面窝其实要用黄豆。大米和黄豆一直泡，泡啊泡，软了以后搅拌成黄豆米浆，再放调味料，盐啊葱啊生姜啊什么的，才能丢到油锅里炸。炸成金黄金黄的，我以前不懂怎么做出来中间那个洞，原来是有专门的面窝勺子，对了，得撒点芝麻，那才叫香。"

我就问："小镜的老家在哪里呢？"

老爹说："从这里往西南开，开个几百公里就到了。小镜当年呢，就是从那里，往东北方向开了几百公里到的南京呀。"

我冲上马路，沿着街道狂奔，没找到那辆白色越野车。

会找到的，虽然不认识路，但我记性很好，反正老爹说过，往东北方向，几百公里，我就到家了。

太阳升起的方向，往左边歪一点，应该是东北吧。我方向感很好，是知书达理的狗子。

斜着穿越城市，绿灯亮起，行人凶猛，我夹杂在人群中过马路。过了一个又一个路口，繁华的大街，深幽的小巷，还沿着湖泊走了一段。

天黑了，雨哗啦啦下，天桥下面躲了一阵，舔了几口雨水。

我很讲卫生的，但是太渴了。

雨越下越大，路面倒映着霓虹灯，仿佛整个城市颠倒了。我不想等了，踩着大大小小的水坑，嗒嗒嗒，嗒嗒嗒，继续向前。

我全身湿透，特别难受，直到半夜，雨才停了。我的肚子很饿，夜宵摊子摆出来，香喷喷的。

最大的一家烧烤摊，十几张桌子摆在户外，人们有说有笑，啤酒堆了一箱又一箱。我饿得发晕，凑近一个客人，盯着他手里的排骨。

吃排骨的花衬衣说："会握手吗？握个手就给你吃。"

要求过于简单了，我点点头，把手给他。

花衬衣震惊了，说："亲娘啊，不但会握手，还会点头，给你吃给你吃。"

我一口咬住他丢过来的排骨，太辣了，辣得要哭啊，嘴巴跟被刀子割了一样，舌头吐出来，放在一个小水坑里泡泡。

这是夜宵一条街，还有流浪歌手。他头发披肩，扎了几十根小辫子，衣服破破烂烂，背着吉他，走过来，给我喝他的矿泉水。

小辫子说："看来你不是本地狗，吃不了辣。"

本来想嘲笑他，看在给我水喝的分儿上，算了。他拿着歌单，走到一桌人旁边，说："老板，点首歌？"

客人说："走走走。"

小辫子无奈笑笑，换下一桌。

我思索了下，这人心地不错，帮帮他的话，可能还会买火腿肠给我吃。我跑过去，抱住他的腿，叼走他手中的歌单。

小辫子愣住了。

我叼着歌单，又走回那桌，满脸期盼地望着客人。

隔壁桌的花衬衣更加震惊了，说："这狗神了，你们点不点，不点我点，我得给她面子，说不定她还能教我数理化。"

他想得美，我自己数理化都狗屁不通。

这桌是对夫妻，女的说："老公，你看狗子让我们点歌呢。"

男的说："来一个来一个！"他对小辫子招招手，"唱你拿手的，走起！"

小辫子唱了一晚上，我在异地他乡打了一晚上的工，叼歌单叼得嘴巴麻木了。客人散尽，老板清扫地面，准备打烊，远处的天边隐约亮起了白。

小辫子点了几份烤馒头，分我一半。他自己喝着白酒，吧唧吧唧吃得贼香，干一杯，对我说："你是小女娃子吧，我平时一周都没今天赚得多，你多吃点，不够我再点。"

我狼吞虎咽，他倒点水给我，说："要不以后你跟着我混，有我一口，就有你一口。"

他想了想，又说："不是，要不以后我跟着你混，有你一口，就有我一口。"

　　他没有住的地方，我们在银行提款机的小屋子里打盹，醒了我就继续往东北走，一直走到天黑。小辫子搞了个二维码，让我叼着找客人们收费。客人的要求如果不复杂，比如拜拜啦，合照啦，我都会努力去做。

　　打工太辛苦了，尤其对一条狗来说。

　　但你要明白，打工呢，不是为了在这里停留，而是为了向前方走下去。

念一千遍蝴蝶

他们就盘旋在空中，虽然你看不见，
但是你一定会被他们找到。
在找到之前，漫天蝴蝶就一直飞着飞着。
所以我们找到找不动了，也要继续找。
因为他们会飞到飞不动，也坚持继续飞。

老爹也曾经带我旅行。

所谓旅行，就是徒步一公里，晃晃悠悠到了地铁站。

地下过道里，有个穿衬衫的男孩盘坐在地上，弹着吉他唱歌。
周围有好多妹子，团团转，团团转，团团转咿呀咿呀哟。

老爹看得眼珠子都凸出来了。

我问老爹："他唱得好听吗？"

老爹仰天长笑："垂髫小儿，不过尔尔。"

我说："那你唱一个吓吓她们。"

老爹犹豫了会儿，大声地唱："你是我的小蝴蝶，我是你的小阿
飞……从此我不再撒野……"

唱歌的男孩停止弹吉他，指着老爹说："你们把他赶走，否则我不唱了。"

好多妹子冲过来，赶我们走。

老爹泪水四溅，边被推走，边大声地喊："你们会后悔的！你这个胖子干吗咬我？还有人扯我的裤子！不要推啦不要推啦，我走还不行吗？"

老爹站在远处，对着她们叫："这辈子再也不想看到你们！如果再看到你们，我就爬着过去！"

过了五分钟，我们就又看到她们了。

因为我是条狗子，不能坐地铁，所以只好原路返回。

为了不食言，老爹是抽泣着爬过去的。

唉。

从那天开始，我们经常走在路上，山在后头，水在后头，然后被一辆辆车超过，累了就停步，看看正在努力盛开的花朵。

走着走着，我说："老爹，我爪子要磨平了。"

老爹冷静地说："梅茜，我的拖鞋在很久以前就已经掉了。"

走着走着，下雨了。老爹停住脚步，看了看自己，说："梅茜，我好像一条落水狗呀。"

我看了看自己，说："老爹，我就是一条落水狗啊。"

好想傻乎乎的老爹啊，现在身边只有更傻一点的小辫子。

小辫子去买面包，我站在他屁股后面等，这时候一个圆圆的硬币滚过来，又滚走，我赶紧跟着它一起滚，滚到街角垃圾桶，那里站起来一片巨大的黑影。

这是一条老得不成样子的金毛，她咧着嘴笑："小屁狗，吓到没有？我厉害吧？"

我点点头，说："蛮厉害的，你叫什么名字？"

老金毛缩回垃圾桶后头，冲我招手。我轻手轻脚过去，小声说："长江长江，我是黄河！"

老金毛说："我叫老皮肚。"

我咂咂嘴，说："皮肚蛮好吃的。"

老皮肚说："别吵，你看。"

我狐疑地左右看看，发现有只蝴蝶飞呀飞，越飞越低，停在老皮肚的头上。老皮肚得意地说："好不好看？"

我兴奋地说："你是怎么做到的？"

老皮肚嘿嘿一笑，说："因为我心里每天都要念一千遍蝴蝶。"

我张大嘴巴："这样也可以？"

老皮肚点点头。

我看着蝴蝶又飞走，心里突然空空的，说："老皮肚，你在这里干吗呀？"

老皮肚沉默了一会儿，说："我在这里等死呢。"

雨越下越大了。

这个城市真的喜欢下雨。

行人们纷纷撑起了伞，雨点噼里啪啦响，很好听。

也不知道那只蝴蝶会不会被打湿，那样就飞不起来了。

我们身边有好多行人，匆匆忙忙地走。有大妈拎着菜篮子，有小姑娘骑着自行车，有大叔头顶公文包，有清洁阿姨在屋檐下躲雨。有一家三口连伞都没有打，沿着街道的小店，到处问人有没有看见老皮肚。

他们走远了，老皮肚小声说："我认识他们。"

我眨巴眨巴眼睛，说："那你为什么不去找他们？"

老皮肚说："以前我也有个好听的名字。"

我说："啊？真的吗？"

老皮肚摇摇头说："算了，好多年了。那时候是妈妈养的我。后来，她结婚啦，生小孩啦，小孩长大啦。她的小孩喜欢吃皮肚面，但是又从来不吃皮肚，就全都给我吃，于是大家都喊我老皮肚。"

我眼睛一亮："你家是南京的吗？"

老皮肚说："嗯，妈妈是嫁过来的，幸好这里也有皮肚面可以买。"

我说："那你喜不喜欢她的小孩？"

老皮肚说："妈妈有多喜欢我，我就有多喜欢她的小孩。我们是一家人。你知道一家人最害怕什么吗？就是小孩子刚刚长大，我却已经变得很老。"

老皮肚低下头，雨水打湿她的后脑勺，顺着毛往下滑，滑到脸，滑到鼻子，滴答滴答落到地上。

我跳起来大叫："老皮肚，你不会现在就死了吧？"老皮肚缩成一团，我感觉她身子开始变小。

她小声说："我还不知道你名字。"

我说："我叫梅茜。"

老皮肚用力笑笑，说："真好听。和我年轻时候的名字一样好听。梅茜，我们狗子呢，到快死的时候，就会提前知道。所以，我要躲起来，让他们找不到。这样，他们就以为我走丢了，不是死掉了，他们会觉得，我一定在其他地方过得很好。"

我抬头看看小辫子，他刚走过来，雨水也顺着他的下巴往下滴答滴答。

老皮肚说："梅茜，有时候我觉得真神奇。一家人就是想尽办法让对方过得很好，而你自己过得很好，对方就觉得自己过得很好。"

老皮肚说："梅茜，你有没有看到，有很多蝴蝶飞过来了？"

雨停了。电线横在天空，一点点阳光努力从云朵后面伸头。但是没有蝴蝶呀。

老皮肚说："好多蝴蝶啊，各种颜色都有。梅茜，我说的对吧，只要每天心里念一千遍蝴蝶，你就可以看到无数能够跳舞的蝴蝶。"

一个阿姨突然停在小辫子旁边说："你好。"

小辫子说："你好。"

阿姨说："我叫胡蝶。"

小辫子一怔，阿姨的眼泪哗啦啦从眼角掉下来，她慢慢蹲下来，面对着老皮肚说："玫瑰，妈妈在这里。"

老皮肚没有骗我呀，她年轻的时候，真的有一个好听的名字，叫作玫瑰。

玫瑰没有骗我呀，她每天在心里真的默念一千遍蝴蝶。

老皮肚摇摇晃晃站起来，才走一步，就被阿姨抱住了。阿姨小声说："玫瑰，妈妈抱着你呢，不要害怕。"

老皮肚一直浑身颤抖，然后不动了，闭着眼睛睡着了。她们像一个小姑娘抱着一条小小狗。

胡蝶是抱着玫瑰来的，所以老皮肚要被阿姨抱着离开。

我想起来了，从南京出发前的一天，我问过老爹。

"老爹，你将来会不会有小孩？"

"会的。"

"那你看这样好不好，让你的小孩不吃狮子头，这样我老了的话，就改名叫狮子头。"

"啊？"

"如果你的小孩既不吃狮子头，又不吃排骨，还不吃里脊肉……完了，这样我的名字会变成一本菜单。"

"梅茜，你知道今天什么日子吗？"

"七夕呀。"

"所以你想那么多干什么，七夕都是一个人一条狗过，想个屁小孩！"

老爹的人生不太圆满，妻离狗散，鸡飞蛋打，处处都是漏洞，但和小辫子比起来，略占少许优势。

两个人非要比较的话，小辫子更穷一点，对于生活的幻想，两个人在完全不同的层面。老爹跟我讲过他做的梦，中彩票啦，被富婆包养啦，跻身畅销作家之巅啦，突然会隐身这样都不用我出门叼妹子啦，等等。诸如此类，就是纯粹的梦，还有一些不能说，别人听见的话老爹会被抓进精神病院，严格处理的话，抓进派出所也不算冤枉了他。

小辫子不一样，他有梦想。据他阐述，徒步全国，收集创作灵感，已经进行了一年多，灵感有没有不知道，流浪歌手的范儿基本处于领先水平。他的终极目标是参加选秀节目，一鸣惊人，他的歌甚至王菲都花钱买来翻唱，抖音用一次背景音乐收费两毛五。

他说到这里的时候，我差点阻止。他的梦想再继续，也跟老爹差不多，属于做梦了。在一家自助银行角落过夜的时候，他睡着了，小声喊着一个名字，似乎是"阿舟阿舟"。

我不知道阿舟是谁，也许太饿了想喝粥。他给我看过脖子上的项链，里边有张小小的照片，是个小小的女孩，三四岁吧。小辫子喝醉了唱歌给我听，望着我的眼神，像望着自己的女儿。

若思念没有回音，那么全世界都会变成回音。我希望有一天，他会找到他的阿舟。可我有自己的路要走，无法参与到这个故事中去。

我们走着走着，看不到楼房和行人，小辫子放下吉他，说："你到底要去哪儿？"

我没理他，因为一辆白色的车开过去了。

我呆了一下，像一支箭射了出去。

我要追上这辆车。

我听到小辫子的喊声："小姑娘，注意安全，我们有缘再见！"我能想象，这个快四十的人，这个还说要参加选秀节目的大叔，傻不拉唧站在路口，旧旧的吉他耷拉到了地面，拼命冲我挥手的样子。

耳朵飞扬到脑后，还能隐约听到他在喊："小姑娘，再见啦！"

不知道为什么，疯狂奔跑的我，哭了。

因为无论我跑得多快，都追不上那辆车。

因为小辫子人挺好的，我挺喜欢他的，但以后应该再也见不到了。

　　我一边奔跑，一边看天空，好像真的有很多很多蝴蝶。因为每个人每天都在心中默念着自己的蝴蝶吧，所以他们就盘旋在空中，虽然你看不见，但是你一定会被他们找到。在找到之前，漫天蝴蝶就一直飞着飞着。所以我们找到找不动了，也要继续找。因为他们会飞到飞不动，也坚持继续飞。

　　因为我们和他们是一家人。

　　一家人的意思，就是想尽办法让对方过得很好。而自己过得很好，对方就会觉得自己过得很好。

英雄

做英雄有烤肠，
这我也没想到。

露珠是可以喝的，它们从叶子上滚下来，滴到我的脑门，咕噜跑进我的梦里喊：梅茜梅茜，别睡了，该出发赶路了。

我走了很多天。太阳升起，向着朝日偏左，不停奔跑。小城、小镇、小村，甩在身后。沿着公路，一眼望不到头的公路，不停奔跑。

如果我敲十户人家的门，会有一户人家给我点吃的。不能望着对方，要低下头，耳朵垂落，可怜兮兮，轻轻用脑门蹭一蹭他的小腿，那么可以争取到包子、烧饼、萝卜糕等。

路过小河，里头的倒影是条脏兮兮的金毛，灰不溜丢，毛都并起来了。

我很伤心。

我原本很漂亮的呀。

爪子都出血了，踩在路面，有点疼。路边是田野、电线杆和红墙灰顶的房子。我看见一家小卖部，飘出肉味来，我咽了咽口水，鼓足勇气走进去。

小卖部柜台有烤肠，店老板正津津有味地看电视剧，一个书包搁在桌上，外头水塘边踢球的小男孩应该是他的儿子。

我扒住柜台边缘，眼巴巴瞪着烤肠，叫了一声。

老板回头，笑了："你没钱啊，买不起的。"

我呜呜呜地哭。

老板说："四块一根，你拿什么买？"

我跑出去，叼了张花花绿绿的纸片，摆在柜台。凭良心讲，这跟钱不像吗？

老板拿起纸片，说："算了，给你一根，日行一善。"

其实我都挺吃惊的，从发现货币，到完成购买，对一条狗来说，未免太顺利了。老板戴着鸭舌帽，披着灰外套，缩进柜台，聚精会神看电视剧，时不时发出傻笑。我观察了他一下，全身找不到什么优点可以赞美，偷偷出门了。

烤肠含在嘴里，不舍得一口吃完，剩了半根。走到水塘边，心态纠结，再来一口的话，烤肠就彻底没了，从常理判断，我应该不能买到第二根了。

忽然传来"咚"的一声，吓我一跳，小男孩一脚把球踢进了水塘。

他着急地下水，探出身子，一脚踩在水里，一脚踩在岸边，拿根树枝，脖子和手都伸得老长，想把球拨回来。

我屏住呼吸，怕干扰到他，结果小男孩脚一滑，掉进去了。要命，这下紧急情况，无法继续纠结，我直接吞掉了宝贵的烤肠，冲着小卖部大叫，想让老板过来救人。

叫了两声没动静，我一咬牙，跳进水塘。

小男孩胡乱扑腾，一边喊"救命"，一边喊"咕噜咕噜"。我咬住他的衣服角，狗刨狗刨狗刨，刨得四条腿快抡成电风扇了，要把他拽回岸上。

我居然天生会游泳，这倒是没想到，但我游泳技术非常一般，这倒也是没想到。小男孩紧紧扯着我耳朵，疼死我了，我只能一边喊"汪汪汪"，一边喊"咕噜咕噜"。

老板估计听到救命声，连滚带爬冲过来，我正好把小男孩拽到岸边。

老板紧紧抱着小男孩，声音都抖了："儿子，你有没有事！"

小男孩大哭一场，而我趴在草地上大喘气，蹬蹬腿，舔舔嘴巴，回味下烤肠的味道，昏昏沉沉睡着了。

我是被一根烤肠捅了捅脑门，捅醒的。

这下烤肠管饱，小男孩一根接一根地递给我，老板哭笑不得地说："儿子，你悠着点，别撑坏狗肚子。"

小男孩认真地说："她是英雄。"

我在小卖部住了几天，吃得相当可以。小男孩上网查资料，告诉老板我不能跟人一样吃调味料，于是老板买了牛棒骨，用白水煮了给我。

我喜欢他们一家人。爸爸好吃懒做中带着一丝勤劳，除了整天看管柜台，接待村里几个固定客户，厨房也都是由他承包的。儿子全班倒数却透出一股坚毅，从不涂改分数，该是不及格，就带着不及格的卷子让家长签字，说至少将来能继承小卖部。妈妈左脚瘸了，厂里做工，回家带一个哈密瓜，晚饭前放进冰箱，晚饭后人两片，狗一片。

妈妈说家里一大一小两个男人，一个过去没什么出息，一个将来没什么出息，越说越气，抄起锅铲要揍爸爸，身为儿子的小胖墩立刻打开书包，迅速进入做作业的阶段。爸爸被揍得吃不消了，小胖墩就拿着本子过去问妈妈："这道题做得对吗？"妈妈立刻放下锅铲，迅速进入指导做作业的阶段。爸爸松了口气，等到小胖墩做作业吃不消了，爸爸就打开电视，妈妈立刻放下本子，迅速进入揍爸爸的阶段。

至少这个家庭，是同甘共苦的。

趁着爸爸午睡，小胖墩抱着我，在草坪打滚。他平躺着，面对天空，小声对我说："等到一个机会出现，就好好学习，洗心革面，考大学，去大城市生活，买大房子，把爸爸妈妈接过去。"

我心想，等一个什么样的机会呢？

小胖墩说："等今年收油菜花，现在要吃饱喝足，不能被学习分了心，到时候才有力气，第一次帮家里割油菜花。"小胖墩出神地望着天上的云朵，说，"割完油菜花，我就考大学。"

这里面有什么必然的联系，我不太懂，但他是认真的，因为他说完后，轻声唱着歌，没有睡着。

小胖墩找了根水管，接上家里的水龙头，一直拖到院子，在草坪上帮我冲澡。阳光和水珠一起跳跃，我看见几道彩虹忽隐忽现，彩虹底下是小男孩的笑脸。

他放学后，带了几个小朋友回家，一起踢球。他们居然异想天开，要让我守门，我前几天走路走得没完没了，体力消耗这么大，能不能让我休息休息。

我假装睡着了，小男孩跟他的朋友们解释，大黄刚吃饱，运动了会得阑尾炎，让她睡会儿。

我差点气得跳起来，大黄是什么，是我的新名字吗！你才大黄，你个小胖墩！

被踢偏的足球，弹了几下，滚到我旁边。我腿软绵绵的没啥力气，想拱一拱算了。刚抬头，就愣住了，不远处的公路上，一辆白色的车呼啸而过。

等等我！

我毫不犹豫，追了上去。

我已经离开家很多很多天了。老爹一定知道我在找他，那么他和燕山大师、木头哥、荷花姐，也一定在找我的路上。

我听见身后传来小男孩的哭喊："大黄，你回来啊，大黄……"

小男孩不踢球了，拼命地追我，但我们速度的差距很大，他没走几步，就摔了一跤。

我就不去扶你啦，你是男子汉，自己可以站起来的。记得你的承诺啊，第一次帮家里割完油菜花，就要去做一个大学生。

还有，我不叫大黄，我是梅茜。

再见了，小胖墩。

最后一程

这会不会是一场梦呢？

是我把自己弄丢是一场梦，还是老爹把我找到是一场梦？

加油站的垃圾桶常常会有没吃干净的桶面，作为长途奔波的狗子，我总结出这条非常宝贵的经验。

但加油站假如背靠田野的话，你偷偷摸摸躲在角落吃桶面，会被其他流浪狗子发现。

我好不容易找到红烧牛肉味的，一口没吃，就听到草丛传来"呜呜"的低吼。一条大黑狗目露凶光，前腿压低，感觉马上就要冲我扑过来。

大黑比我脏多了，而且只剩一只耳朵。个头那么高，却瘦得骨头戳出肩胛，看来他真的饿，饿得毫无狗品。

我说："喏，给你，你先吃。"

他的低吼中断了，瞪大了眼睛，说："我咬死你。"

我说："都给你吃了，你干啥子还要咬死我？"

他说："我不信。"

我说："不信拉倒。"

我昂首挺胸，不管那桶红烧牛肉面，直接走掉。没走几步，眼前一黑，脑袋被什么蒙住，好像还被棍子敲了一下，脑仁嗡嗡响，没来得及惨叫，昏迷了。

在无边的黑暗中，似乎想起来，小辫子和我一起走路时，他冲我嘀咕："傻狗子，这个世界上，是有坏人的。"

我说："那又怎么样，我可以躲远点。"

小辫子说："你要找到自己的主人，那得学会祷告。"

他双手合十，举在胸口，低头念念有词："让傻狗子找到她的主人吧，别遇见坏人。"

事实证明，小辫子不但善良，还是个乌鸦嘴。

醒来的时候，一颠一颠的，我被关在笼子里。密密麻麻的几排铁笼，锈迹斑斑，上下叠着，塞满了各种狗子。

艰难挤出半个脑袋，想喊救命，旁边有狗子跟我说："别费劲了，逃不掉的，这卡车肯定直接开去屠宰场。"

狗子声音很熟悉，是大黑狗一只耳，骨头戳出肩胛，似乎更瘦了。

我说："你也被抓啦？"

一只耳说："都赖你，吃什么红烧牛肉面，这下好了，等死吧。"

我说："面让给你了啊，还怪我！"

一只耳说："我推卸责任不行啊！"

我说："推什么推，你有本事把卡车推翻了啊！"

一只耳张了张嘴巴，可能在想怎么侮辱我，发了会儿呆，口水都滴下来了，左右看看，说："也不是不可以。"

车上有无数条狗子，通通被叫醒，一只耳用撕心裂肺的喊声通知大家，他数一二三，所有狗子集体向前扑，说不定卡车就被带翻了。

狗子的种类不一样，脾气也不一样，但有个特征是永恒的。碰到事情，一条狗子同意了，其他狗子跟着就同意了。

我惊奇地问："你还懂共振？"

一只耳说："曾经肚子太饿，捡到本初中物理，三口两口吃掉了……我跟你说这些干什么，来，大家就位，一！二！三！"

壮观的场面出现了，无数狗子整齐地同时向前扑，扑了一次又一次。

大概第十九次的时候，我扑不动了。

很多狗子也口吐白沫，瘫了下来。

我想，可能再也遇不上老爹了。

一只耳还在努力，迷迷糊糊的，听到他大喊一声"来了老弟"！

天旋地转，卡车整个翻了。狗子的惨叫声、笼子砸在路面的哐当声，仿佛开水壶喷出的热气，冲向四面八方，我眼前的世界像玻璃瞬间裂开纹路，碎了。

我和一只耳的笼子滚进稻田里，一只耳呼哧呼哧喘气，用牙齿拧开断掉的铁丝，冲我吼："快出去！"

他吼的时候，满嘴是血。

我脑海一片空白，不记得是怎么钻出去的，也不记得跌跌撞撞走了多久。

远远地回头，车子应该撞翻了好几辆，公路上围满了人，还有闪烁着红灯的救护车。鬼使神差地，我往回走，一直走到人群外，然后看见警察从一辆底朝天的小轿车里，拖出一个人。

医护人员把他抬上担架，送进救护车。

然后我看到那辆底朝天的小轿车的车身，用油漆刷着一只狗子画像，很像我的金毛狗子画像。

旁边四个字：寻狗，重谢。

是老爹吗？

我猛地冲向救护车，可是车子已经开走了。不行，我要追上去！

这是我所有的力气了。就像边牧从河岸起跳，射向夕阳。就像小辫子吉他上的音符，追逐不知去向的阿舟。就像小镜的越野车开出小区，哪怕看不见了，老爹也在狂奔，不顾拖鞋掉在路边。

我们一生中，会寻觅，会迷失，会沮丧，会停留，但这些都是为了某一时刻的奔跑。

就像记忆被时间拉扯，延伸出一条长长的铁轨，你要跑得比风还轻，比海浪还汹涌，比小虫变成蝴蝶还不顾一切。

你要跑得比自己还快，才能追到一个背影。

我心里只有一个声音。

梅茜！跑啊！

救护车离我越来越远，我努力跑得更快一些。

我不累，我可以的，我能追到你。

我已经感觉不到自己的脚，感觉不到自己的呼吸，眼前的世界倾斜，然后似乎飘了起来。

是我摔倒了吗？在我合上眼睛之前，我看见救护车停了，一个人一瘸一拐，也拼命向我跑过来。

他在喊："梅茜，梅茜……"

这会不会是一场梦呢？

是我把自己弄丢是一场梦，还是老爹把我找到是一场梦？

这个梦做了许多天。在梦里的一周前，夜晚十点，老爹醉醺醺回家，广场的长椅上，并排坐着木头哥和荷花姐。木头哥第一次牵到了荷花姐的手，而老爹脚一滑摔进了小区的水沟。

荷花姐很快搬走了，宠物店和便利店同一天停业，同一天贴上了转让告示。老爹顾不上跟他们告别，开车出发，要沿着公路找我。他经过宠物店，发现店门开着，停车进去，有个新老板正在收拾东西。老爹呆呆地在宠物店坐了好一阵，因为他看到柜台上规规整整摆着几本书，最上面一本是他写的。

书的扉页，有荷花姐瘦瘦的字迹。

等不到的，就是路过。

真是漫长的梦啊，我躺在家里，舒服地咂巴嘴。

老爹出院以后说，这不是梦，因为我们家，踏踏实实要赔给租车公司一辆小轿车。

是你赔，不是我赔，我一条狗能有什么钱。

那啥，回家真好。

第三话

一个汪星人的
朋友圈

The Journey with You

我生活在一个阳光明媚的小区，
树很多，草很绿，大家一天到晚傻笑。
这里的便利店会卖火腿肠给金毛，
但是不找钱。
金毛的生活非常复杂，
具体表达要十六个字：
跑来跑去跑来跑去跑来跑去跑来跑去。

如果有一天你在城市里，看到一个长发飞扬的大帅哥，
以及一条长毛无脑小鸡贼，走在路边，
头顶都转动着金光闪闪的"特别牛"三个大字，
那一定就是我们了。

让我留在
你身边
The Journey with You

我叫梅茜，一条金毛狗子。

我和老爹一起生活，我走丢过，老爹又把我找回来了。

老爹告诉我，我走了六百多公里。

我说："那可以换多少肉丸子？"

老爹说："梅茜，讲个故事给你听吧。"

我说："好。"

老爹说："从前有条金毛，太穷没有银行卡，后来被边牧拐到山区卖掉了。"

我说："边牧凭什么拐我，他只会叼飞盘，我会叼妹子。"

老爹说："妹子只能满地窜，但是飞盘是在空中飞的。"

我冷笑道："那又怎么样，要是妹子会飞，我就在地上追，看准机会叼她裙子，叫你飞啊叫你飞啊。"

老爹说："妹子要是起飞，你再追都是追不上的。"

我突然觉得很难过，决定和边牧搞好关系，以后万一妹子起飞了，好歹他跳得比较高，说不定能接住。

老爹摸摸我头，说："梅茜，长大了你会变成全世界最好的妹子。"

我说："现在呢？"

老爹说："现在是个狍子。"

我眨巴眨巴眼睛，号啕大哭冲出门外，满脑子都在想：太惨了，我是狍子。

萨摩耶三兄弟: 喋血拉斯维加斯

萨摩耶三兄弟打麻将, 抓到不要的牌就一口吞掉。
我说: "我们做狗子的, 吃几张麻将牌算什么。"
萨摩 B 擦擦眼泪, 说: "萨摩 C 要弄一把大的,
想做一副天和十三幺, 结果连续吞了九十七张牌。"

对面一栋楼里住着三条萨摩耶, 人称萨摩耶三兄弟 ABC。他们每天研究麻将、斗地主、拖拉机、掼蛋, 经常赌得很大。

萨摩 ABC 赢过黑背二十八根骨头。

黑背躲在他们家外面, 等到后半夜, 翻院子爬进去偷骨头, 结果他们还没睡, 正在诈金花。

黑背一时技痒, 坐下来又玩了几把, 输了二万七千根骨头, 哭着回去了。

有一天, 萨摩 ABC 觉得彼此可以封神了。

萨摩 A 面前摆了几张麻将, 抬头向天, 用爪子摸来摸去, 两眼

一睁，精光暴涨，狂叫："三万！六条！四筒！发财！"

神奇啊，全中！

萨摩B不甘示弱，把台布一掀，整副麻将飞起，他跳到空中，脑袋疯狂舞动，登时所有牌全部被吃光！他的身体撑出俄罗斯方块造型，孤傲地说："把骰子拿来！"

萨摩B晃了晃身子，顺利地把骰子也吞了进去，打了一个塑料味的嗝。

萨摩C作为年纪最小的一个，摸牌不行，吞牌也不行。

他的绝活是，每当有人要和牌时，他都能迅速地往台桌上一滚，把麻将牌扫得七零八落，哇哇大哭："妈妈在哪里？妈妈我爱你！"无知中带着无耻，简直奶萌奶萌的。

所有人都很尴尬，又不好意思骂他，所以萨摩C也算是牌桌大神。

三位大神商量了一下，觉得小区太狭窄了，容不下他们的光芒，必须走出去。走出龙蟠路，走向南京市，走到大宇宙！

计划定好，萨摩ABC背了个包裹向我们告别。

萨摩A对我说："梅茜，每张红中有四种味道，你知道吗？"我摇头，他伸爪拍拍我的肩膀，"喏，我已经帮你开光了，剩下的你自己修炼吧！"

萨摩B对黑背说："黑背，我送你一本《胃的建筑学》，这本书很有名的，祝你成功。"黑背接过书，封面写着：发明人萨摩B，作者萨摩B，未来诺奖获得者萨摩B。

萨摩 C 滚动起来，滚到大小姐可卡身前，瞪大眼睛说："听说你会卖萌？"

可卡羞涩地点点头，萨摩 C 吐口口水，晃着屁点大的身体，猖狂地大笑："哈哈哈，手下败将。"

大家目送他们远去，用尽力气喊："多赚点回来啊！"

他们去参加 2013 年度麻将联赛，联赛分为儿童组和老年组。参赛选手人山人海，只有他们是三条狗。

萨摩 ABC 心气很高，认为应该先挑战高难度老年组。他们的对手是一位白发老太太，拿着小马扎，到处摸索老花镜。萨摩 B 大喜，决定来个下马威，大喝一声，吞下整桌麻将牌，吐出四条长城。

老太太说："哟，还有自动洗牌机啊。"话音未落，六个爪子两只手同时挥舞，当即开战。

萨摩 A 狗爪子一举，怒喝："南风！"紧接着就想喊"一二三四五六六七八九九九九莲宝灯"！

老太太说："杠！东南西北大四喜。狗狗乖。"

萨摩 A 大怒："你不是找不到眼镜吗？"

老太太说："要看啥，打麻将是靠听的。"

打麻将是靠听的！境界上拉开了，萨摩耶三兄弟失魂落魄。萨摩 C 蹿上桌就闹："世上只有妈妈好，没妈的孩子像根草！"

老太太一拐杖就飞过来："熊孩子死走！"

萨摩耶三兄弟老年组落败。

萨摩ABC想想还是从基础抓起，赶赴儿童组。

他们的对手是背着喜羊羊书包的小朋友。萨摩耶三兄弟全部听牌了，全部听九万，就等小朋友一炮三响。小朋友拿起一张牌，颠来倒去看，擦擦口水说："这是几啊？"萨摩ABC盯着他手里那张九万，眼睛都直了。

萨摩A说："小朋友，这个叫作发财，是废牌，扔了吧！"

小朋友狐疑地说："我念书少，你不要骗我。我怎么觉得好像是九万？"

萨摩B说："怎么可能是九万，你自己看，一横一撇一捺还拐弯，明显就是个发财。"

小朋友："真的不是九万，而是发财？"

萨摩C蹦着屁点大的身体，大喊："这张就是发财！"

小朋友手缩回去，惊喜地说："发财好啊，中发白大三元，和了！"

萨摩耶三兄弟集体石化，狗脑子中只有一个想法：太奸诈了。

这个奸诈的小人！

萨摩B赶紧说："不是发财，是九万，是九万！"

小朋友冷冷地说："现在改口来不及了。"

萨摩C见势不妙，蹿上台就闹："天上的星星不说话，地上的娃娃想妈妈！"

小朋友蹿到萨摩C身上就闹："驾！驾！驾！"

萨摩耶三兄弟儿童组落败。

征战一天，萨摩ABC不仅把行李输光，连尾巴毛都赔进去了。

萨摩耶三兄弟回来后，半个月没出门。

门上贴着一副对联："强中自有强中手，老太太小孩不是人。"

番外:
真的很难理解萨摩耶三兄弟的逻辑

很难理解原因一

太晒了,大家躲在树荫下乘凉。

萨摩耶三兄弟打赌,看谁在太阳下坚持的时间更长。

三只白狗站在滚烫的路上,一群狗坐在树荫里大眼瞪小眼。萨摩耶三兄弟的头顶逐渐开始冒青烟,毛发开始髭松,尾巴开始发抖,鼻子开始变红……突然大家眼前一亮,但觉萨摩耶三兄弟光芒万丈!

黑背冲出去大喊:"靠么啦[1]!萨摩耶三兄弟着火啦!"

很难理解原因二

路边有人卖炸鸡,萨摩耶三兄弟跑过去捡鸡骨头吃。他们老爸暴怒,指着他们大骂:"你们!丢人!你们到底丢不丢人!"萨摩

---

[1] 语气词。

耶三兄弟互相看看，萨摩 A 困惑地说："丢人？"萨摩 B 坚定地说："丢人！"萨摩 C 撕心裂肺地喊："三、二、一！"然后他们就齐心合力把自己老爸扛起来，丢了出去。

很难理解原因三

保安和萨摩耶三兄弟下象棋。三个毛茸茸的狗头挤在棋盘左边，保安在棋盘右边正襟危坐。萨摩耶三兄弟的车马炮都被吃了，只剩一个帅。他们想悔 47 步棋，保安不肯，一直吵到天黑。萨摩耶三兄弟很生气，一狗一口把保安的棋子全吞了。刚送医院了，他们上车的时候还在对保安说："算平局好不好？"

很难理解原因四

萨摩耶三兄弟还经常被老爹拖回家打麻将。老爹嫌他们没文化，说话粗俗，一边打一边教育，要懂点诗词歌赋。

有天，萨摩耶主人来我家，一推开门，萨摩 A 说："既见三条，云胡不喜？碰！"萨摩 B 说："两情若是久长时，又岂在吃吃碰碰。杠！"萨摩 C 说："杠上开花，可以缓缓归矣。和了！"

萨摩耶主人瞪大眼睛，一个倒栽葱滚下楼梯了。

很难理解原因五

老爹煮煳一锅饭，去垃圾桶想偷偷倒掉。萨摩耶三兄弟刚巧路过，萨摩 A 狐疑地说："不是诈煳吧？"萨摩 B 震惊"这老头挺能干，做饭还诈煳。"萨摩 C 暴怒："以后三缺一不能找他啊。"说完狗子们走了，边走边唱："这揍是二[1]，糊里又糊涂。"老爹拎着锅煳饭站了很久，泪流满面。

[1] 这就是爱。

可卡：我妈妈是白富美

下雨天，小区里狗狗们约好，一起披着主人的短裤出来溜达。

黑背披着沙滩裤，边牧披着七分裤，花花绿绿好开心。

突然老爹冒着大雨把我拉到一边，

小声叫我以后多跟可卡打交道。

"你注意看她披着的短裤，是不是像根绳子绑在头上？

我很欣赏她的主人。"

我们小区里有个阿姨，养了一条貌美的可卡，我们通常喊她可卡妈。

可卡妈刚来小区的时候很讨人厌。比如说，黑背老爸跟她打招呼："美女你好，我今年三十一，还是单身。"

可卡妈惊呼："三十一了？"

黑背老爸正要嘚瑟，可卡妈又补上一句："土鳖的样子都差不多，很难看出年龄。"

比如说萨摩三兄弟的老爸姓殷，准备给刚出生的女儿起个浪漫的名字。

可卡妈说："最浪漫的就是满山谷的萤火虫到处飞舞啦。"

萨摩老爸同意，可卡妈说："那不如干脆就叫她殷火虫吧。"

可卡妈经常打扮得花枝招展，可卡经常被她妈打扮得花枝招展。邻居们就开始议论，她每天开着小车挎着小包穿不同的小裙子，是二奶还是小三？

大家正聚精会神地讨论，可卡妈探过脑袋来说："我觉得小三好一点，小三是有精神追求的。"

可卡妈不是二奶也不是小三，她和邻居们关系变好是因为她居然也养了一只狗。

一个那么讨厌的人居然也养狗，大家觉得很不可思议，认为她还是有优点的。然后大家发现，这个讨厌的人每天遛狗，按时打疫苗，喂天然狗粮，出门还用绳拴着，面对其他小狗的时候，明显比对人亲切多了。大家认为她的优点巨大。

但大家还是纠结要不要再跟她打招呼，因为有一次边牧妈鼓起勇气对可卡妈说："你的衣服真好看。"

可卡妈说："淘宝上买不到的。"边牧妈穿着淘宝衣服泪奔。

萨摩耶三兄弟的老爸鼓起勇气对可卡妈说："其实你少喷点香水一样很有魅力。"

可卡妈说："香水和头发一样，浓一点好。"秃头萨摩老爸泪奔。

终于轮到我爹出场了，我爹杀到可卡妈面前，打算朗诵泰戈尔的诗歌，一个字还没说，可卡妈咬破舌尖，大喝："滚！"

我爹当场哭得裤子都掉下来了。

大家又开始议论，性格这么残暴的女人，莫非前世是秦始皇的第七百八十四代孙？

老爹是情感专家，他说："她一定经历过非凡的打击，才锻炼出这种舌战群邻的能力。"

于是爹妈们撺掇我们几条狗子去问可卡。很不幸，可卡的脾气跟她妈一模一样，全小区狗子一段时间都食欲不振，日日泪奔。

但狗子比人的脸皮要厚一点，今天你不搭理我，我搭理你；明天你骂我，我夸你；后天你咬我，我舔你。到大后天的时候，你就会对我说："这么厉害，你是上帝吗？"

可卡比她妈更早一步和大家成了好朋友，且偷偷摸摸地不让她妈知道。有一天可卡到我家来蹭肉丸子吃，我爹说："爆你妈一个料吃一颗肉丸子。"

可卡说："我妈的衣服是在环北服装批发市场买的。"

可卡说："我妈只有在来不及洗澡的时候喷香水。"

可卡说："我妈手机里只有美图软件，一张照片要磨皮五十次。"

可卡说了很多，基本撑得半死。

第二天边牧妈问可卡妈："环北市场的衣服几件起批？"

萨摩老爸说："今天上班又要迟到，没洗澡吧？"

我爹跟在她后面说："呵呵呵呵呵呵呵呵……"

可卡妈就这样变成了大家的好朋友。

牛头㹴：婆婆会算命

重阳节的习俗是敬老、登高！
这里最老的就是牛头㹴婆婆了！
于是重阳节那天，小区里全体狗子兴高采烈，
"嗨哟嗨哟嗨哟"，抬着牛头㹴婆婆，
一直把她抬上了全小区最高的天台。
牛头㹴婆婆高兴得脸都白了。

我们小区有很多非常厉害的狗子，牛头㹴婆婆就是其中的翘楚，她会算命。

狗子们要是肚子饿了，就跑到牛头㹴婆婆那儿喊："婆婆算一卦呗！婆婆算一卦呗！"

婆婆算卦要抛狗粮，时而皇家，时而冠能，运气好的话还能吃到蓝氏金枪鱼。

下午两点是婆婆的下午茶时间，有很大机会吃到瓜子、花生米、牛奶糖。

有一次萨摩耶三兄弟在那儿齐刷刷喊："婆婆算一卦呗！婆婆算一卦呗！"后来就送医院了，因为当时婆婆在玩玻璃球。

老爹经常感慨，说连狗都开始搞迷信了。

一天，可卡拖我去找牛头㹴婆婆算命。我们扒在栅栏上，可卡问："婆婆，天气太热了，什么时候会变凉快呀？"牛头㹴抓把狗粮一抛，洒落在地，看一会儿说："这是坎卦，水星逆行，明天就凉快了。"可卡大喜。牛头㹴冷冷地说："照卦象看，凉快不一定是好事。"说完趴倒就睡，不再理会。

第二天，可卡就被主人剃毛了……

第三天，全小区的狗子叼着肉丸去广场，广场上狗山狗海。太热了，牛头㹴婆婆决定作法求雨。我们把肉丸交给婆婆，婆婆一口一个吃光。大家屏气等待，婆婆念念有词，浑身发抖，突然白眼一翻晕厥过去。

泰迪紧张地问："狗上身了？是哮天犬还是史努比？"

可卡看着抽搐的婆婆，狂叫一声冲上去："快救狗啊！婆婆吃撑了！"

牛头㹴婆婆的功力以前就很高深了，为了占卜，她曾经连吞了五个午餐肉罐头，算出来自己大难临头，后来果然因为吃多了被送进医院。但是她还是打算在冬天闭关，改变修炼的方向。她开始向野猫求教。毕竟对狗子来说，野猫的法术更加复杂。猫最基本的能力是都有九条命，实在让牛头㹴婆婆望尘莫及。

野猫大法师"噌"的一声蹿到树上，跟有轻功一样的。牛头狸婆婆呆了很久，说："直娘贼。"

在大寒潮之前，牛头狸婆婆拜访了小区停车场的大花狸。谁也不知道大花狸的年纪，大家来的时候，大花狸就已经称霸停车场很久。

牛头狸婆婆问大花狸："狗子和主人相亲相爱，但还是会经常误解对方，用什么法术才能让主人知道，自己不喜欢穿羽绒马甲呢？"

大花狸"咕噜咕噜"了一会儿，问牛头狸婆婆："你知道为什么猫咪喜欢仰起头，让人挠他们的下巴吗？这里面有个亘古的秘密，在猫咪的下巴被挠过千万次以后，猫咪就会变成精灵，永远陪伴着主人。但是千万次地挠，实在很耗时间，有的主人也算勤快，但离这个数字还很远很远。你们狗子已经幸运多了。"

大花狸叹了口气，钻进汽车发动机，没有再出现。这个严酷的冬天，就算对法力高强的大花狸来说，也是个挑战。牛头狸婆婆愣在当场，猫的资讯果然复杂，完全听不懂。

从那以后牛头狸婆婆就关了门，趴在主人拖鞋旁边苦苦思考。

我们觉得牛头狸婆婆是年纪大了，有点糊涂和迷信。魔法并不是那么遥远的东西，比如说我们狗子只要主人一声呼唤，就会从任意的角落奔出来，出现在主人的身边；还比如说，无论主人走多远，我们都会闻到气味，然后奔过去。

这并不是司空见惯就平平无奇的事情。

就像人类也有魔法的，新闻上还报道过呢。上次新闻说，柔弱的母亲为了孩子顶住几百斤的石板，足足四个小时。按照科学，这完全不可解释，这是魔法；

还有黑背老爸那么不靠谱的男人，因为跟姑娘在晚上九点约会，居然在早上七点半精准地醒过来，连闹钟都不需要；

怎么节食都瘦不下来的胖子，失恋几天就脱胎换骨；

还有普通的保洁阿姨，靠一双手就赚出了一套市区的两室一厅。

如果不是魔法，这些事情怎么会发生呢？

我问老爹："你有什么魔法？"

老爹说："虽然住在破房子里，但是只要闭上眼睛，就能感觉自己睡在花间。流水淙淙、青山，大块的蓝色坠落下来，披在自己身上。年轻的人们穿梭不息、开心不已，坐一起唱好听的歌曲，然后拍拍身上的草屑，重新出发上路了。"

我说："你这不叫魔法，叫吹牛。"

老爹说："那你觉得什么是魔法？"

城市的交通永远堵塞，好吃的餐厅里永远排着长龙，天空永远挂着记忆中的笑脸，花朵永远开在你不经意的地方，时间永远流淌。

可是爱人们就可以找到对方。如果没有魔法的话，他们怎么能避开那些生活的压力与忧愁，然后好好地把手牵在一起呢？

如果主人不知道羽绒马甲很讨厌，情侣分手，亲人反目成仇，这些并不是没有魔法，而是力量还不足够。

　　大花狸说得虽然玄乎，但是很简单，只要爱的力量足够，连猫咪都能变成精灵。那么沟通和好好相处，就更加简单了。

　　我决定现在就去跟牛头狸婆婆说这个事情。婆婆，天冷了，还是出来活动活动吧。

　　咦，怎么有八个空罐头?

　　来人啊! 牛头狸婆婆挂了!

阿独：流浪大侠的超级传奇

这世界总有些狗，在旁边的时候你没有发现，
等他走掉了，才觉察他的存在。

　　小区里突然来了条独眼流浪狗，霸占树荫一周多。大家推选黑背跟流浪狗决斗。我问老爹要了瓶酒，让黑背喝两口，他双眼通红就去了。

　　远远看见流浪狗掏出一副扑克牌，和黑背一狗发一张。黑背愣了会儿，号啕大哭，泪奔回来。我们赶紧问怎么了？怎么就输了?！黑背放声痛哭："他居然跟我比大小，我又不识数啊！浑蛋！"

　　黑背要跟阿独决斗，为了公平，决定先治好他的眼睛。在牛头㹴婆婆的指导下，所有狗子回家找了个篓子背在身上，去小区各处采药草。

　　早上阿独刚醒过来，眼前就是一米多高的草垛子。怕阿独吃出事情，牛头㹴婆婆要神婆尝百草。婆婆尝了一整天，后来被一群记者带走了，他们激动地喊："世界末日来了，有条狗连吃了十几斤草。"

牛头㹴婆婆也要和阿独决斗。

牛头㹴婆婆太拼了，出了四千次布，竭尽全力要叉开爪子来个剪刀！她伸出前腿用力到发抖，狗头青筋直冒，目眦尽裂！爪子有轻微分裂的迹象！

全场一百多条狗鸦雀无声！萨摩耶三兄弟眼眶湿润！黑背捂嘴飙泪！泰迪们都哭了！

我听到大家在心中呐喊："剪刀！剪刀！剪刀！"

就这么一个小时过去，一动不动的婆婆中暑了。

我永远忘不了这一天，我永远忘不了两条狗比石头剪刀布杀红了眼，但是从早到晚只能出布的样子。

再后来，由于可卡老是当众说黑背是娘炮，黑背怒了，和可卡对质。他前爪都快戳到可卡脸上了："我魁梧英明，哪里娘炮了?! 哪！里！娘！炮！了！"可卡冷冷拨开他的前爪说："麻烦你把兰花指收起来。"黑背呆呆看着自己的兰花指，狂号一声泪奔而去。旁边的牛头㹴婆婆失魂落魄地说："这个小区，终于有能出剪刀的狗了……"

某天，阿独早早收工，叼着烟屁股靠着树干讲往事，周围围着一圈狗子。阿独说他从小漂泊四方，历尽沧桑，终于学会如何得到自由，成为自由之狗！

黑背羡慕地说："你收我为徒吧，我也要学会自由！"

阿独吐个烟圈说："可以，先交三十颗肉丸的学费。"

黑背暴怒，跳脚掀桌，喊："如果我有三十颗肉丸，还要什么自由！"

讲到坏人，阿独说菜市场猪肉摊那个大妈，见到他就会拿菜刀追杀。说门卫王大爷偷偷在肉丸里放老鼠药，然后骗他来吃。最惊险的一次是他在喷泉边上喝水，路过的小区居民突然拿出一根电线伸到水里。

"当时我整个嘴巴都麻了，醒过来尾巴还是竖的。"听阿独讲完，小区的家养狗子们都很震惊，虽然早知道老太太和孩子不能惹，但没想到慈眉善目的王大爷和肉大婶还有这么阴暗的一面。阿独把斗笠扶好，斜睨着我们说："都小心点，别离开你们爹妈，坏人就潜伏在身边啊。"

泰迪、可卡、萨摩耶三兄弟和我，甚至黑背，都觉得阿独夸张了。在我们的生活中，早晨是有肉丸的，中午是有西瓜的，傍晚是在绿草小路上遛弯的。主人们哪怕自己穷得只能吃方便面，也会送我们去洗澡的。而邻居们见了面，都会摸摸我们的脑袋的。我们眼中的好人，在阿独眼中是坏人，而我们认为的坏人，阿独却不这么看。

报纸和电视新闻中经常报道，一些人因为家庭和压力，会伤害许多同类。只要不是打流浪狗的，阿独对这些人都非常理解和同情。

他跟我们说："当你饿得腿都站不直的时候，偷块鸡排算不了什么。如果被别人的扫帚和棍棒狂打，作为一只有血性的狗子难道不应该回嘴咬他们吗？偷窃、欺骗、暴力，这些都只是为了要活下去，电视里说那些人是坏人，其实只是无奈罢了。"

我把阿独的话告诉老爹，老爹正在看一个大惨案的视频，好多人在火里面去了天堂。老爹表情很严肃，他跟我说："阿独说出这种话，是因为他没家教。"

老爹说："阿独没有跟人类真正相处过，所以他不知道人类是什么物种。黑背老爸失恋后，痛苦得拳头都砸破了，也没有去责问那个出轨的女孩。边牧妈失业后发了两个月传单，也没有打任何电话唾骂那个说她坏话的同事。萨摩老爸摆地摊见到制服男就跑，可他还是民间格斗冠军呢。人类是宁愿伤害自己，都不会伤害他人的。黑背老爸、边牧妈、萨摩老爸……许许多多的人，才是阳光和绿草地得以存在的原因。那些欺负流浪狗、欺负同类、用伤害别人来换取自己活着，甚至只是换取一点点满足的人，他们还比不上没有家教的阿独。"

我问老爹："可是不反抗，这不是懦弱吗？"

老爹叹口气说："你回去告诉阿独，这不叫懦弱，叫作善良。懦弱是因为没有能力去伤害，善良是有能力但选择不伤害。善良是很高级的。"

　　我把老爹的话原封不动地告诉阿独，不知道阿独有没有听懂。总之他"呸"了一声，晃晃尾巴又钻进了树丛中。其实我知道，阿独从来没有咬过人。他舔着伤口的时候，也知道除了打他骂他的，还有喂他抱他的。其实他也知道，善良的才能算是真正的人类呢。

　　自那天之后，阿独不告而别。夏天，炙热的日光下，叶子很亮，路很烫，大家都昏昏欲睡。但我们都不停地从那片树荫走过，假装若无其事地往下面看一眼。只剩一条他用来做床单的蓝 T 恤，满是破洞，孤零零地堆在树根。我们走了很多次，再也没有看见他。这世界总有些狗，在旁边的时候你没有发现，等他走掉了，才觉察他的存在。

滚球球：我们再也回不去了

我一边走，一边望着蓝蓝的天，心想：
开始在一起，后来在一起，
以为很简单，原来是那么难的事情。
这个世界上，应该有很多人，
都躲在云后面，悄悄看着自己喜欢的人吧？

散步时发现大家围在一起鬼吼鬼叫，兴冲冲地过去看：阿独回来了！

黑背眼眶通红地说："阿独，你去哪儿了？"

阿独默默挪开，露出一个毛球。

黑背惨叫："小小小小小小小狗！"

阿独没有说毛球是从哪里来的，只说名字起好了，叫"滚球球"。

大家散去后，老爹蹲下来问阿独："你这样很难，不如我帮你带？"

阿独低头说："难没有关系，在一起就好。"

滚球球毛茸茸的，眼睛很大，第一次看到他我吓一跳，这么小，这么圆，很容易滚到阴沟里去吧？

怪不得阿独要给小小小小小小小狗取名叫"滚球球"。

大家围着滚球球，不敢碰他，我壮着胆子拨拨他，他就摔了一跤。

牛头狸婆婆说："让他自己走，小孩子要学会自力更生！"

滚球球走一米要五分钟，摔十跤。

滚球球喜欢哭，一哭就哭很久。大大的眼睛掉大大的眼泪，掉一颗身子就变小一点，我好害怕他就这么哭着哭着，把自己哭没了。

阿独从垃圾堆里捡了一堆东西，教滚球球分辨什么能吃，什么不能吃。滚球球说完"咕咕咕咕"，挑了双袜子就啃，阿独暴跳如雷，要抽他耳光。

黑背红着眼睛，一把拦住阿独，大喊："不许你碰他，你再打他，我……我……我……我就跟你决斗！"

大家围起来，把阿独拦在外面，阿独气得狂叫一声，跑掉了。滚球球"咕咕咕咕"地哭，大家面面相觑，不知道怎么办。

我说："讲故事给他听吧，听着听着，他就睡着了。"

大家说好。那么谁来讲呢？

大家把目光投到黑背身上。

黑背后退一步，惊恐地说："那我试试看。"

大家趴在草坪上，趴成一个圈圈，中间是滚球球和黑背。黑背开始结结巴巴地讲故事。

黑背的睡前故事

从前，有四条黑背，分别叫黑旺、黑图、黑岁、黑副。他们小时候和一个男孩在一起，玩得很开心。

黑副最小，所以大家都把吃的、喝的让给他。

白天男孩和四条黑背到广场溜达，告诉他们说，将来他们都会成为伟大的王，统治自己的国土。

晚上大家睡在一块儿，梦见自己变成伟大的王，统治自己的国土。

黑旺说："我的国土最大，起码三室一厅，光厨房就有两个。"

黑图说："我的国土才叫大，有广场那么大，密密麻麻挤满了黑背，我喊向左转，一千个狗头齐刷刷向左转。"

黑岁说："我的国土在云上面，这样要是我们分开了，我还可以从云上看着你们。"

黑副说："我力气小，可能将来没有国土，到时候你们记得分点给我。"

大家拍拍黑副的头，说："好，将来我们把国土都给你，这样你的国土就变成最大的了。"

有一天，黑旺不见了。

大家急得团团转，男孩蹲下来，眼睛亮晶晶地跟他们说："不要急，黑旺去自己的国土了。"

黑图说："那里有三室一厅吗？"

男孩说："嗯，三室一厅，皇帝和皇后人都非常好，他们帮助黑旺慢慢长大，等黑旺长大就把三室一厅都给他。"

大家听得欢呼起来，觉得骄傲和自豪。黑副当时就流泪了，心想将来一定跟黑旺学习，不要给哥哥们丢脸。

过了几天，黑图也不见了。

大家急得团团转，男孩蹲下来，眼睛亮晶晶地跟他们说："不要急，黑图也去自己的国土了。"

黑岁说："那里有一千条黑背吗？"

男孩说："嗯，黑背红背蓝背橙背黄背，什么背都有。"

黑岁目瞪口呆，说："这么厉害？"

男孩说："嗯，他们一起奔跑，就变成彩虹了。"

大家再次欢呼起来，其实也就剩黑岁和黑副。

又过几天，黑岁和黑副觉得浑身无力，瘫在狗窝里，动都不想动。

这次男孩带着一个中年女人进来。中年女人皱眉说："这下比较麻烦，前面两条带走太晚，传染到他们了。"

男孩眼睛亮晶晶地说："怎么办？"

中年女人翻翻黑岁和黑副，拎起黑岁说："这条必须带走，我给你一点药，你给剩下那条吃吃看。"

男孩亮晶晶的眼睛忽然滚下来亮晶晶的东西，打在黑副的身上。黑副努力抬头，舔了舔男孩的手。

很久以后，黑副才知道那个亮晶晶的东西，叫作眼泪。

黑副努力想笑，问男孩："黑岁也去他的国土了吗？"

男孩说："嗯。"

黑副说："那里是在云上面吗？"

男孩呆了一会儿，说："嗯。"

黑副说："在云上面看得到我们的是吧？"

男孩说："嗯。"

黑副松了口气，说："那我就放心了。"

男孩蹲着，手抱着脑袋，低到膝盖里，肩膀不停地颤抖。黑副想爬到他脚边，可惜没有力气。他想，没关系，将来黑旺、黑图、黑岁的国土，分给我以后，我们就一起去玩。

可卡咂巴咂巴嘴，问黑背："后来呢？"

黑背说："后来，我猛吃猛喝，又挂水又吃药，过几天爬起来，莫名其妙长大了。"

我一愣，说："原来你就是黑副。"

黑背说："我本来就叫黑副。"

我说："那我怎么不知道。"

黑背说："因为你们从来没问过我。"

我挠挠头，说："黑旺、黑图、黑岁呢？"

黑背说："男孩说，都到黑岁的国土去了，在云上面。"

大家一起抬头，看天上的云。

这时候顶楼的窗户被推开，探出一张络腮胡子大脸，喊："黑副，回家吃饭了！"

我大惊失色："这也叫男孩?!"

黑副说："这不，也长大了。"

可卡说："嘘，滚球球睡着了。"

大家蹑手蹑脚地散了。

老爹来找我，我也回家了。走的时候，我冲树后面做了个鬼脸。

我知道，阿独一直躲在后面。他看见我了，扭过头去，唯一的眼睛里，有亮晶晶的东西。

"老爹，我去云上看看好不好？"

"看个毛，怎么爬上去啊？"

"老爹，上面有黑背看着我们呢。"

老爹脸色大变，脚步加快。

我说："怎么了？"

老爹说："走快点，被黑背看着，会变背的。"

我一边走，一边望着蓝蓝的天，心想：开始在一起，后来在一起，以为很简单，原来是那么难的事情。这个世界上，应该有很多人，都躲在云后面，悄悄看着自己喜欢的人吧？

后来……

次日，就轮到边牧给滚球球讲故事。

边牧呆了一会儿，张嘴刚要说话，吧嗒，飞盘掉地上了。他赶紧低头，吧唧，重新叼起来。然后张嘴刚要说话，吧嗒，飞盘掉地上了，他赶紧低头，吧唧，重新叼起来。

吧嗒，吧唧。吧嗒，吧唧。吧嗒，吧唧……

五分钟后，在这个固定的节奏里，大家都睡着了。

接着轮到萨摩 ABC 给滚球球讲故事。

萨摩 A 呆了一会儿，说："从前，有一张七万，被狠狠地打出去。"

萨摩 B 接口，说："下家做的是万子。"

萨摩 C 接口，说："所以，和了。"

大家冷冷地看着他们。

萨摩 A 呆了一会儿，说："从前，有一张九条，被狠狠地打出去。"

萨摩 B 接口，说："下家做的是条子。"

萨摩C接口，说："所以，和了。"

大家忍无可忍，黑背两只前爪捏在一起，发出"嘎巴嘎巴"的声音。

萨摩A迟疑地说："从前，有一张五筒，被狠狠地打出去。"

萨摩B迟疑地说："这次，下家做的是大四喜。"

萨摩C斩钉截铁地说："所以，和了！"

萨摩A狂叫一声，扑上去跟萨摩C打成一团："你又诈和！"

接着轮到牛头獭婆婆给滚球球讲故事。

婆婆说："我就来给你讲解算卦的原理吧。"

婆婆掏出一把狗粮，往空中一抛，洒落在地。她还没来得及看狗粮落地的形状，滚球球闪电般就地翻滚，"嗖嗖嗖"，毛茸茸的一个小球飞快地东滚西滚，叫一群狗子眼花缭乱。

半秒钟后，狗粮不见了。

大家愣了一会儿，牛头獭婆婆的脖子青筋直跳。

她激动地说："滚球球不是走路很慢的吗?!"

我神色凝重地说："他是用滚的。"

接着轮到可卡给滚球球讲故事。

自从可卡把主人的黛安芬全部卖给老爹之后，她可富裕了。听说最近她自己去书店买了很多书。

可卡清清嗓子，对滚球球说："阿姨给你讲个故事，这个故事叫作《世钧，我们再也回不去了》。"

大家心头一颤，都浮起一种不祥的预感。

可卡开始忧伤地讲故事："曼桢道：'世钧。'她的声音也在颤抖。世钧没作声，等着她说下去，自己根本哽住了没法开口。曼桢半晌方道：'世钧，我们回不去了。'他知道这是真话，听见了也还是一样震动。她的头已经在他肩膀上。他抱着她。她终于往后让了让，好看得见他，看了一会儿又吻他的脸，吻他耳朵底下那点暖意，再退后望着他，又半晌方道：'世钧，你幸福吗？'……"

讲到这里，可卡声音哽咽，然后大家不祥的预感验证了。

黑背放声大哭，声嘶力竭地喊："为什么，为什么我们再也回不去了?! 幸福，幸福你究竟是什么?! 曼桢，曼桢! 我们可以做到的！"

大家花了四个小时劝说黑背，才让他的情绪稳定下来。

就这样，整个上午都耗完了，中饭都没来得及吃。

吃货狗子们的小故事

我呼吸你残留的背影啊，

低头，低头，

亲吻你走过的每一寸土地——

1

黑背叼着颗肉丸狂奔！屁股冒烟！后面紧跟着眼睛喷火的萨摩耶三兄弟！我喊："叼着肉丸跑不快，我帮你拿！"黑背感激地丢来肉丸，引着暴走的萨摩耶三兄弟疯窜而去。五分钟后气喘吁吁的黑背偷偷溜过来，说："谢谢你啊，梅茜，那啥，我玩命抢到的肉丸呢？"我登时跳脚："肉丸！什么肉丸？我救了你一命，你还好意思跟我提什么肉丸?!"

2

黑背路过我家门口，对明月即兴朗诵诗一阕："我呼吸你残留的背影啊，低头，低头，亲吻你走过的每一寸土地——"这让老爹大惊失色，大喊："要死啦！梅茜，你快来看，黑背有文化了！"我抬头一看，冷冷地说："那是因为他爸走在前面吃炸鸡。"

3

中午老爹看着一堆碗，满地打滚喊："我不要洗碗啊！我不要洗碗啊！"正好黑背过来，立刻自告奋勇，把每个碗都舔得干干净净。老爹发了会儿呆，满地打滚喊："这下不洗不行了啊！这下不洗不行了啊！"

4

托管阿姨给了我一颗大肉丸子。他在盆子里好胖好胖！我说："你叫什么名字？"他说："狗子，你给我客气点，我叫一斤大师，弘扬佛法，把你最蠢的朋友喊来！"我赶紧叫黑背，黑背跟大师谈了会儿满足地走了。

我进去一看，大师变小了！"一斤大师，你怎么了！"肉丸说："不要喊我一斤大师！你朋友太能吃了，我现在是二两大师！"

5

黑背捡到一袋红红的东西，我们去找牛头狸婆婆问这是啥。

婆婆抓把狗粮一抛，说："离卦属火，这个可以吃，名字叫……"黑背眼睛一亮，一口吞了二十几个！然后整条狗突然不动了，眼睛逐渐充血，嘴巴颤抖，狗脸一点点由下而上变红。在我们惊骇的目光中，他猛地张开嘴，吐出一团火！婆婆说："……叫辣椒。"

6

黑背好心叼着月饼想分给小区里的泰迪，结果因为长得太凶，泰迪们一哄而散。秋风中，黑背叼着月饼站在河边发呆。大家看不下去，集体去安慰他。萨摩耶三兄弟拍拍他肩膀，说："虽然我们的毛是白色的，但我们的心跟你一样黑。"黑背哭得更凶了。牛头狸婆婆拍拍他肩膀，说："虽然你年纪比我小，但长得比我老。"黑背惨叫一声想往河里跳！被我死死拉住，我说："虽然你是条公狗，但比我还娘炮……"结果没拦住他，他跳下去了……何必呀！

7

天都转凉了，黑背还在掉毛。我说："再掉就冷了啊！"黑背自以为幽默地说："呵呵呵呵，不掉毛太热，热狗会被吃掉的。"我无情地说："呵呵你妹啊，冷狗也会被吃掉的好吧！"

8

黑背兴冲冲地来找我，手里小心翼翼地捧着一个鸡蛋，说："梅茜啊，我们要发财了，你看蛋生鸡，鸡生蛋，蛋生鸡，鸡生蛋，生生不息，很快就可以发展成为大事业！"我一口就把蛋吃掉了，黑背泪花四溅跳脚大叫："梅茜，你怎么把我们的事业一口吃掉了?!"我说："生生不息个毛事业，这是个茶叶蛋……"

9

小区的狗子在一起吹牛，黑背大声说："曾经我用尽全身力气，在空中左翻腾，右滚动，托马斯回旋了足足十几次！"大家大惊失色，可卡满眼冒心心，说："黑背，你怎么做到的?"黑背沉默一会儿，说："这不偷了只烤鸡嘛……我老爸就抡脚，给了我一个很强的助力……"

10

看见边牧失魂落魄地走过来，一路念叨："我的飞盘呢? 我的飞盘呢……"我于心不忍，大喝："咄! 嘴上无盘，心中有盘!"边牧如遭雷劈，恍然大悟。这时我突然发现，自己嘴里掉了什么东西，失魂落魄地疯狂去找："我的肉丸呢? 我的肉丸呢……"边牧在旁边安慰："嘴上无肉丸，心中有肉丸……"

梅茜：“老爹，我会努力给你囤妹子的。如果我们家买不起肉丸子了，我就学着吃荠菜丸子。如果荠菜丸子都吃不起了，我就去天桥表演赚钱。但你要记着带我去'动次打次'，我还没见识过呢。我会尽力活很久，然后我们就很久很久地在一起。嗯，就是这样。”

The Journey
with You

第四话

做我的朋友
好吗?

The Journey with You

我叫梅茜,我拼命写字的理由是,
当你看见狗狗的时候,希望你能想起我,
觉得他是你的好朋友,微笑着拍拍他的脑袋。
希望这些文字能传递到每一个角落。

想让你知道，我是最喜欢你的，
不管你是男生女生，爱我或者不爱我，
我都是最喜欢你的。

让我留在你身边

The Journey with You

老爹写字的时候，嘴里叼着香烟。我写字的时候，头上绑一只袜子。大家键盘都打得啪嗒啪嗒作响。

做自己喜欢的事，总得付出些代价。只要能写出字来，老爹不顾健康，我不顾形象。

以前我的名字叫梅西，因为老爹最喜欢的足球运动员是这个名字。后来有一天，他发了很久的呆，喝了很多的酒，说："艹！"于是给我加了个草字头，我就变成了梅茜。

老爹说，如果我不努力写东西，就会没有用，是个草包，要改名梅苞。

我气得哭了，擦擦眼泪一直写，至今我还是叫梅茜，不叫梅苞。

因为我牢牢记得老爹跟我说的：梅茜啊，只要你拼命写下去，慢慢在大家的意识里，狗子都是身边的朋友。在路边看见流浪狗，会觉得他们就是梅茜，是自己似曾相识的朋友，然后随手给他们一个面包、一瓶水，说不定呢，他们就可以活下去了。

我是梅茜，一条拼命写字的金毛狗子。

寄小读者

梅茜陪着你，从你去不了的地方，
带故事给你听，带所有的勇气给你。

Shaun_Quella：梅茜啊，我也有一条金毛，快五岁了，是个女孩，很活泼很听话。可是我不能和她亲密接触了，她只能待在花园里不能进来，我也不能接近她。因为我得了癌症，化疗以后骨髓抑制，血象不好，只能隔着落地窗看她。你说她会不会怨我？毕竟，她是我带大的。2008 年 6 月，满月的她来了我家，那时候恰逢我高考完，我就一直照顾她……你说，她会不会很疑惑，为什么我都不碰她了……

Shaun_Quella：从 9 月入院到现在，我有时候会想，我要是不在了，我的家人怎么办，我的金毛怎么办……

Shaun_Quella：我头发都掉光了。上次出院回家那天，我站在落地窗那里，她蹲在外面看着我，我把帽子摘下，露出我的光头，她尾巴都不摇了……

Shaun_Quella：梅茜，你知道吗？我也知道世界就是这样，不会说没了谁就不行。

Shaun_Quella：但我还是会偷偷地害怕他们为我伤心。

Shaun_Quella：我的情况不好，所以化疗方案用得很重，我头发掉光了，指甲都黑了，心脏毒性也很明显，每次化疗其实我都很痛苦，可是我也只敢在微博上说说我吐了什么的，别的我都不敢多说……妈妈在医院陪着，有时候我突然痛起来，我都不敢表现得太明显，因为我昏睡过去或者吐得厉害，她都会很担心，我知道她也有偷偷背着我哭。

Shaun_Quella：所以我更加努力，我总是在别人面前表现得很乐观很坚强……我没有什么不可失去了，除了我的家人和我的狗狗……

Shaun_Quella：其实上次化疗的时候，因为难受，我有想过就这么走了也不错……

　　Shaun_Quella：刚吃了点粥。

　　Shaun_Quella：今天痛得厉害，忍不住叫出来了……

　　Shaun_Quella：然后痛得受不了，抓着我妈的手，把我妈弄哭了……

　　Shaun_Quella：啊……我今天表现得好烂啊……

亲爱的 Shaun_Quella：

　　你好！

　　我叫梅茜。我不是童话，而是你心中最美好的世界。

　　我有许多朋友，是小区里的许多条狗子。

　　一开始我以为自己很了解他们，后来发现他们也抱着许多秘密，藏在最深的心底，然后这些就是奔跑、微笑、流泪的理由。

　　我是一条金毛，而你是一个人，我们都是最美丽的女孩。

　　我问老爹："老爹，我将来会不会很牛？"

　　老爹说："是的，你会变成最美丽的女孩。"

我喜滋滋地说:"那我现在呢?"

老爹说:"现在你是一个智障。"

我震惊地跌坐在地,号啕大哭,狂奔出门,我现在是一个智障。

告诉你一个秘密,梅茜心中大大的秘密。我小时候得过狗瘟,可怜地躺在沙发上挂水。

我唯一能做到的,就是用力吃。医生说,只要还能吃,就代表可以活下去。

不管他说得对不对,我做所有我可以做到的。吃啊吃啊吃啊,吐啊吐啊吐啊,我觉得自己就像在玩游戏,把生命吃进去,又把生命吐出来。我的血槽空了,满了,空了,满了,在 game over[1] 之前,我要成为最美丽的女孩。

老爹从很远的地方赶回来,蹲在我身边。除了用力吃,我终于有第二件事情可以做到,那就是用脑袋蹭蹭他的膝盖。嗯,很暖和。

那段时间特别开心,长大后从来没有和老爹整日整夜待在一起。

我要一直陪着老爹,所以拼尽全力活下去。

要活得久一点,才能让他看到梅茜变成最美丽的女孩。

亲爱的 Shaun_Quella,那时候我就来看你。

再告诉你一个秘密,是黑背的秘密。前几天,黑背老爸去买戒

---

[1] 游戏结束。

指。黑背老爸有喜欢的妹子，他想送件礼物给她。他们在珠宝店逛了好几圈，最后选了一个水晶的戒指。

黑背充满诗意地问："老头啊，黄金比较实在，钻石女孩都喜欢，翡翠可以保值。而你选择了水晶，它是如此透明，你想通过它来表达自己纯净的爱吗？"

黑背老爸张张嘴巴，跳脚道："纯净啥，你没发现，全场只有这个不到一百块吗？"

黑背迟疑一下，说："老头，你太小气了，出门前我发现你带了一百五十块。"

黑背老爸白他一眼，说："这不还要给你买狗粮嘛。"

黑背回来后眼眶红红的。他问我要一根绳子。我问他要这个干什么，他说要挂在脖子上。

我说："好好一条拉风的黑背，比城管还威武，干吗要在脖子上挂东西？"

黑背说："你不要管。"

后来我送他一条珍珠链子，他就戴在脖子上，链子上挂着一枚水晶戒指。小区其他狗子全都沸腾了，喊黑背娘炮。这就是黑背叫娘炮的由来。只有我知道黑背为什么要戴着它。

因为那枚水晶戒指，黑背老爸在沙县小吃把戒指送给了妹子，结果黑背在公交站台的垃圾桶边上捡到了。

你倾其所有换回的水晶，在别人眼里，只是随手扔掉的垃圾。

而这个世界上，总有一个人，就算你对他毫无用处，他也会把你当成生死相依的珍宝。

Shaun_Quella，你要活下去，因为你生命中的每一天，对有些人来说，都是了不起的礼物。

梅茜陪着你，从你去不了的地方，带故事给你听，带所有的勇气给你。总有一天，你会去到那些地方，风抚摸脸庞，雪山洁白，湖泊明媚，听到全世界唱给你的情歌。

　　此致
敬礼!

金毛狗子梅茜

一个编剧的自我修养

问老爹怎么发长微博，他说，双爪同拍，狂吼一声："长！"

我说，这就行？

他说，这就行。

我辛辛苦苦写了一万多字，然后兴奋地双爪同拍，狂吼一声："长！"

怎么一个字都没有了！

老头笑得满地打滚，我刚想去墙角哭，他突然惨号："仆街！为什么屏幕碎了！"

黑背很想玩微博，我跟他说："其实只要学会打字就行，我教你！"

我花了俩小时，用爪子艰难点出"努力"两个字。黑背看了俩小时，沉默一会儿说："这就是玩微博？去你的微博吧！"

经常有人问："梅茜啊，你每天都这样打字吗？"

不然我大中午不吃饭搞什么鬼？凌晨四点起，这篇文章题目我昨天已经打了一整天加今天一上午时间了！写得键盘上全是毛！

"梅茜，你两岁半了，有没有想过自力更生？"

"老爹，我是条狗子，自力更生的话很快就饿死了。"

"哈哈哈哈，果然是条虚弱卑微恍如阿米巴虫一样的无能犬啊。"

"你给我等着……"

我咆哮着，冲到电脑前，开始自己的编剧生涯。

有阵子《轩辕剑》很火，我打算从武侠剧入手。

《梅茜武侠剧本第一稿》

从前有个小孩，全家被魔头杀光光。但是魔头不打算放过小孩，步步紧逼！紧逼！紧逼！一直把小孩逼到了悬崖边！小孩宁死不屈，纵身跳下了悬崖！但是他被树枝挂住，而且发现了一个山洞！小孩觉得自己报仇有希望了，泪水四溅跑进山洞，终于找到了宝藏！宝藏是一千颗巨！大！的！肉！丸！

老爹看完呆若木鸡。

算了，我还是重写吧。

《梅茜武侠剧本第二稿》

从前有个小孩，全家被魔头杀光光。他忍辱偷生，学到武林秘籍！成为天下最厉害的人！他疯狂地寻找仇人！经过一层层的探索，他终于面对魔头！魔头戴着口罩和鸭舌帽！谁也猜不到魔头的真面目！在魔头把口罩和鸭舌帽摘下来后，小孩手里的剑"哐当"掉在地上，泪水四溅！原来，魔头竟然是一条叼着飞盘的成！年！边！牧！犬！

老爹看完面色苍白。

算了，我还是重写吧。

《梅茜武侠剧本第三稿》

从前有个小孩，全家被魔头杀光光。他千辛万苦，躲在洗手间里，终于没有被魔头抓到！于是小孩决定拜师学艺，将来也去杀光魔头的全家！但是，小孩还没有找到老师，在他七岁那年就死了！因为他小时候没有打！犬！瘟！疫！苗！

老爹看完"咚咚咚"连退几步，跌坐在地。

算了，《甄嬛传》也很火，我还是去写宫廷戏吧。

《梅茜宫廷剧本第一稿》

从前有个女孩，被选进皇宫。她心地善良，被嫔妃们欺负！但她咬紧牙关，只要能生出太子来，她就可以成为最受宠的人！终于，她怀孕了！御医诊断后，确定她怀的是双胞胎！她开心地流泪！谁也没有想到，恶毒的皇后在她院子里埋了一只死老鼠！生产那天，她痛不欲生，生出来一看，是两！袋！火！腿！肠！

老爹看完从眼角缓缓渗出血丝。

算了，我还是重写吧。

《梅茜宫廷剧本第二稿》

从前有个女孩，被选进皇宫。她心地善良，被嫔妃们欺负！特别是一个一个眼圈黑、一个眼圈白的老嬷嬷！动不动就关她小黑屋！用针扎她！有一天，她又被推进了小黑屋！她哭喊着要出去，老嬷嬷堵在门口不让她走！于是，女孩用力丢出去一个球，老嬷嬷兴奋地叫了一声，冲出去趴着把球叼起来，女孩趁！机！逃！走！了！

老爹不肯看。

我上蹿下跳，喊："老爹看下子不啦，看下子不啦！"

"梅茜，你阅历不够，我明天还是带你去旅行吧。"

"是不是想做大编剧，就必须先做大旅行家？"

"嗯。走很多地方，认识很多人，你就可以知道，上帝是怎么编剧的。"

"好。"

于是我跳下电脑桌，喝了口酸奶，咕噜噜滚到墙角睡觉去了。

睡前，老爹摸了摸我的脑袋，说："梅茜，你的世界真简单。"

我说："那我要是去旅行，走很多地方，认识很多人，会不会变得复杂？"

老爹沉默了会儿，说："变得复杂了，才会觉得这个世界其实很简单。"

听不懂，睡觉。再简单有睡觉简单吗？你看，3，2，1，呼噜噜……

藏在角落里的爱

我爱的你不爱，不如都不爱。

1

有一天大雨。

老爹的行李铺了一地，好几天都没收拾，他一直趴在沙发上看电视，没事就在那儿哼哼："明月不归沉碧海，一弦一柱思华年。旧时王谢堂前燕，只是当时已惘然。"

他喊我过去，很严肃地说："梅茜，我们开诚布公地谈谈吧。"

我吐掉骨头，噔噔噔跑过去，说："哈？"

他说："你在人前喊我什么？"

我说："老爹。"

他说："你在人后喊我什么？"

我说："老头。"

他说："还有呢？"

我说："长毛贼。"

他说："还有呢？"

我说："胖子。"

他说："还有呢？"

我说："丫。"

老爹呆了一会儿，我回头看看丢在地上的骨头，也呆了一会儿。

突然他暴跳如雷，大喊："你怎么小小年纪，人前一套人后一套！我对你哪里不好了，你跟萨摩耶打架，还是我偷偷过去踩人家脚，你才赢的！害我被萨摩耶的主人翻白眼！"

我眼泪四溅，大叫："你还好意思说！要不是你横插一脚，我就能赢得光明正大！你玷污了我们狗狗之间的战争！"

老爹大喊："没有良心的白眼狼，远离我的视线！"

我号啕大哭，骨头都来不及叼就冲向阳台，外头暴雨狂风，我只想冲到院子，然后奋力跳出栅栏。

我刚冲到阳台门口。

"吃中饭了，梅茜。"

"我要吃大排，老爹。"

2

有一天大雨，我们从超市出来，站在屋檐下惆怅，老爹挣扎要不要回去买把伞。还没挣扎完，一对情侣牵着条金毛，打着把伞，从马路对面过来。

男孩说："哎呀，麻将打完，把包忘在他家了。"

女孩说："我陪你去拿。"

男孩说："不用不用，你和欢欢在屋檐下等我会儿，我去就好了。"

女孩接过金毛的绳子，蹲下来跟欢欢说："欢欢，快跟你爸说，小心点，下雨路滑，不要心急。"

欢欢摇摇尾巴，女孩脸贴着狗脸，还蹭了蹭，说："欢欢真乖！我好喜欢欢欢！"

男孩笑着打伞冲进雨里。

男孩刚走远，欢欢抖了抖淋湿的毛，哗啦哗啦，溅到女孩身上。女孩猛一脚，把欢欢踢出屋檐，小声骂："死狗，滚开。"

欢欢低低地叫了几声，不敢爬回屋檐下面，便趴在雨里。女孩看都不看他，嘀咕说："没事养条狗干吗？真够烦的。"

我和老爹连退几步，互相看看，一人一狗眼神中充满惊恐。

雨点啪啦啪啦打在欢欢身上，欢欢动都不动，耷拉着耳朵，眼睛不敢抬，蜷缩着趴在台阶下。

我跟老爹说："我去陪他说会儿话。"

老爹说："好吧，我正好去买伞。"

刚走进雨里，瞬间我就感觉全身重了好几斤。啊，毛全贴住了。

我说："我叫梅茜，欢欢，你多大了？"

欢欢小声说："九岁了。"

我大惊失色："九岁！那不是快死了？我才一岁半。"

欢欢小声说："我也有过一岁半的时候。"

我拖他进来。欢欢摇头，说："没事，等我爸回来，阿姨就不会这样了。"

我气急败坏："你都九岁了，要是一感冒，说不定就死了！"

欢欢说："什么叫死？"

我愣了一会儿，说："死啊，就是……明月不归沉碧海，一弦一柱思华年。旧时王谢堂前燕，只是当时已惘然。"

欢欢纳闷地摇头："梅茜，你说什么？"

然后我们就都趴在雨里，等各自的老爹。

自那以后，我一共再见过欢欢两次。

3

有一天大雨，我和老爹坐着朋友的车，开进小区，发现门口的柱子上，拴着条金毛。

老爹冒雨跑下去，问了问门卫，又跳上车。

我问啥事呀，老爹说："这条金毛走丢了，在竹林里被小区里的人捡到，就拴在门口，等主人来领，没事，保安说他会一直盯着。"

雨停了，老爹和我散步，散到门口，发现金毛还拴在那里。

我奔过去，喊："欢欢，你还没有死啊！我是梅茜！"

欢欢本来无精打采地趴着，跳起来惊喜地喊："梅茜，我还没有死啊，我十岁了！"

我拽着老爹，让他去超市买了好几根火腿肠给欢欢。等老爹捧着一包火腿肠从超市出来，我正目瞪口呆地盯着一场恶战。男孩满脸是泪，抱着欢欢，和站一边怒气冲冲的女孩对峙。

老爹叹气说："我爱的你不爱，不如都不爱。"

4

最后一次看到欢欢，是 6 月初。

阳光明媚，小区广场到处是欢呼雀跃的狗狗。

老爹四仰八叉躺在广场长椅上，叼支烟翻书。

我蹲在旁边，看远处边牧接飞盘，黑背追萨摩，无穷无尽的泰迪转圈圈。

我听到耳边有喊我的声音："梅茜！"

我一看："欢欢！"

欢欢很慢很慢地晃到我身边，说："梅茜，这下我真的快死了。"

我说："啊？"

欢欢说："我在家躺好几天了，老爸说天气好，带我出来走走。"

我张张嘴巴，说不出话。

欢欢低低地喘了几口气，说："其实我根本走不动啊，我想多陪老爸一会儿，待在他脚边就好。梅茜，你几岁了？"

我结结巴巴说："两……两岁了……"

欢欢抬头看看天空，腿都晃啊晃的，说："我两岁的时候，刚到老爸家啊。其实我一直在想，为什么当年主人不要我，想到老爸对我那么好，我跟自己说，不要想了，我要陪老爸一起。可我眼前还老有一个影子，晃来晃去。"

我偷偷回头看看，长椅上的老爹四仰八叉，书掉在脸上，睡着了。

欢欢说："老爸这几天都请假了，把我的屋挪到床边，买肉给我吃，但我吃不下了。我想出来走一下，看看你在不在。和你打个招呼，以后可能再也看不见啦。"

我突然眼泪汪汪的。

欢欢说："我猜，死啊，就是躲到一个角落里，只能看见老爸，老爸看不见我。想想挺难过的。"

我偷偷擦擦眼泪。

欢欢说："我回去了，阿姨到我家后，这个小区我只有你一个朋友。我想，今天努力走一圈，要是碰到你最好，碰不到的话就算了。我回去了，梅茜，我不知道自己还能在老爸脚边躺多久，躺着躺着我就觉得自己好像回到刚两岁的时候，刚被带到老爸家里的时候。"

我眼泪汪汪的，止不住地往下掉，来不及擦。

欢欢用力站起来，说："我那时候跟自己说，要保护老爸，但是一直是老爸保护我。如果我死了，幸好还有阿姨陪着老爸。梅茜再见啦。"

我抽抽搭搭地说："欢欢再见。"

欢欢走了几步，停一会儿，他老爸赶紧把他抱起来。欢欢蛮重的，他老爸抱得直喘气。

老爹玩杂技一样，在长椅上翻一个身，说着梦话："梅茜，你人前喊我什么？"

我说："老爹。"

他说："人后呢？"

我说："长毛贼，胖子，老头，丫。"

…………

番外：
梅茜七夕全记录

1

早上起床，发现老爹趴在草坪上，对一群狗子严肃地训话。

他说："你们啊，要向黑背好好学习，疾恶如仇，不要见人就摇尾巴，看见坏人就要咬他。"

话刚说完，狗子们纷纷扑上来，有的咬他裤腿，有的咬他鼻子，有的咬他脸。

老爹"噌"地跳起来，腰上还挂着三条泰迪。

2

中午老爹看着我说："做狗比做人幸福好多，如果我俩换一换，今天七夕我就满足了。"

我立刻体贴地把自己面前的一盆狗粮，和他面前的一碗红烧肉换了换，迅速吃掉了。

3

隔壁小区有条阿拉斯加，这条狗子非常烦，经常到我们小区溜达，然后永远一副冷酷的样子，搞得我们小区的女狗一片花痴。

刚刚又看到他跑到广场，周围一圈女狗粉丝。

我忍无可忍，当众大喊："阿拉斯加你这个老玻璃。"大家都很震惊。最震惊的是我，因为我竟然看见阿拉斯加的脸红了。

4

下午老爹对着电脑发呆，长吁短叹没有妹子。

我无聊地独自散步，发现超市那边出现一个漂亮妹子。

我赶紧连滚带爬冲回家喊老爹。

老爹赶紧连滚带爬冲到超市。

妹子刚要走，我一个虎扑，跳到妹子前面拦住她。

在妹子的注视下，老爹走过去，冷静地说："哥们儿，借个火。"

5

黄昏了，老爹教训我，说不要老是坐在那边看电视，又懒惰又不劳动，一天到晚坐着，坐久了会得小儿麻痹症，两腿发软站都站不起来。他一边说，一边从电脑前站起来，结果两腿发软站都站不起来，连人带椅子翻过去了。

6

在夜晚飞快地跑飞快地跑飞快地跑，超过自行车超过电动车超过公交车超过所有一对一对的情侣。可是月亮永远在前面。

"梅茜，为什么要追月亮？"

"老爹，因为你说，单身的妹子都住在月亮上啊，我追到月亮，用头顶顶它，上面的妹子就骨碌碌全滚下来了。"

"梅茜，等月亮变小，她们没地方站，会自己走下来的。"

"要等好久啊，老爹，你帮我做个弹弓，我把她们打下来吧。"

"梅茜，打肿脸的妹子看不清长什么样子啊。"

"怎么办呢？"

"等老爹酒醒了，就开着飞船带你到上面去接妹子。"

"真的吗？"

"真的。"

晚上做梦，梦见自己攥着一把巨大的弹弓，飞到月亮上面。那里有无数妹子。有的嗑瓜子，有的敷面膜，有的看电视，有的玩电脑，有的发呆，有的失眠，有的捂着被子哭，有的对着平板电脑傻笑。然后手机纷纷响了："喂，妈妈，嗯，我很好。"

老爹说，每个人都撒过一个最大的谎，那就是"嗯，妈妈，我很好"。

算了，大家都不容易，我就不用弹弓打你们了。

住在月亮上虽然冷，也没有人听到自己的心事，但总会有人开着飞船来接你走的。

如果明年七夕还住在上面，就要靠梅茜用弹弓把你们打下来了。

我们都在单曲循环，你会停在哪一首

花谢了，它会让你看到唱歌的雪。

雪停了，它会让你看到透明的冰。

冰融了，它会让你看到微笑的云。

每一种美丽，都是它在温柔地跟你说，

别担心，你们都在我怀里。

1

老爹说，沉默是金，我们玩一次只能说一个字的游戏。这个游戏每次都以搏斗结束。

比如我跟老爹玩。

我："呀。"

老爹："咋？"

我："呸。"

老爹："嚓！"

然后打得一塌糊涂。

比如我跟黑背玩。

我："嘿。"

黑背："哈。"

我："滚。"

黑背："干！"

然后打得一塌糊涂。

这种局面直到滚球球出现。滚球球真的很小很小，毛茸茸的，走路跟滚动一样，几乎看不见脚，感觉用爪子一拍脑袋，整条狗都会被压扁。

跟滚球球玩这个游戏。

我："嗒。"

滚球球："咕。"

我："啊？"

滚球球："咕！"

于是我发现，原来滚球球只会说一个字："咕。"

2

阿独是条非常牛的流浪狗。传说他会少林绝学《易筋经》。但就算这么牛的狗，因为是条流浪狗，所以也只能靠捡矿泉水瓶卖钱过日子。

我们很少见到阿独，每天清早他消失不见，去各个小区找垃圾。

剩下滚球球蹲在草丛，看着蓝天白云努力学习。

这父子俩都是文盲。

我问滚球球："姨妈的儿子怎么称呼？"

滚球球："咕。"

我继续问："舅舅的孙女怎么称呼？"

滚球球："咕。"

我只好问："爸爸的妹妹怎么称呼？"

滚球球："咕。"

这是他唯一能回答正确的问题。

3

对面九栋住着个姑娘，她每天很晚回家。路过草丛的时候，她会抱着滚球球，喂他吃点东西。然后一人一狗，坐在长椅上，仰头看着月亮，轻轻哼起歌谣。

我趴在窗台，看着他们。

月亮嵌在夜的中间，像掉进水面的元宵，你会觉得它在一点一点荡漾，仿佛永远都在那里，可是也许下一秒就会消失不见。

听不见他们在唱什么，滚球球大概一路"咕"到底吧。

风吹起来，把落在草丛的一片叶子吹进家里。

我捡起来，上面居然刻着四个字：老王五金。

丧心病狂！广告做到大自然了！

4

一天我啪嗒啪嗒经过，滚球球严肃地端坐，嘴巴一动一动，艰难地唱起来："但愿那海风再起，只为那浪花的手，恰似——你的温油 [1]——"

吓得我一屁股坐在地上："滚球球，你会说话啦？"

滚球球点点头，努力地说："细的 [2]。"

我说："那你知道这几句前面是什么吗？"

滚球球摇摇头，说："不几道 [3]，姐姐从来没有教过我。"

我精神来了，和他并排坐好，教他唱了首歌："'动次打次，动次打次'，你身上有她的香水味，是我鼻子犯的罪，不该嗅到她的美，擦掉一切陪你睡……但愿那海风再起，只为那浪花的手，恰似——你的温油——"

5

中午我叼了一颗最大的肉丸出来，放在滚球球面前。

滚球球大惊："梅茜姐姐，介素神马？"

我说："这是肉丸子。"

---

[1] 温柔。

[2] 是的。

[3] 不知道。

滚球球眼珠子都瞪出来了："介么大！"

我看了看，是大了点，跟滚球球的脑袋一样大。

我说："快去吃吧。"

滚球球说："好的。"然后滚球球小心翼翼滚着球，转眼不见了。我心想：哈哈哈哈，足够他吃两天了。下午我啪嗒啪嗒路过，有个怯生生的声音喊我："梅茜姐姐。"

我咚地跳转身，说："谁？ FBI[1] 吗？"

滚球球钻出来，说："我介绍一个好朋友给你认识。"

我狐疑地说："是谁？"

这时候，一个肉丸子从滚球球身后探出头，抱着滚球球的后腿，小声说："你好，我是肉丸酱。"

晴天霹雳！肉丸子活了！天哪！

我颤抖着说："你好，肉丸酱……"（其实我当时差点吓尿。）

滚球球说："肉丸酱告诉我，他还可以长大，等他长大了，就不仅仅能喂饱我，还能喂饱更多的流浪狗子呢。"

我颤抖着说："这不科学啊……"

肉丸酱坚定地说："我和滚球球约好了，我还在发育，等我长大

——————

[1] 美国联邦调查局。

184

了，长成全世界最大的肉丸子，就剖腹自尽，让滚球球用环保袋背着我，去分给所有的流浪狗子。"

我呆呆地看着他们，一条小小狗，一个大肉丸，都一副严肃的表情。

这时候，传来一阵狂野的"哈哈哈哈哈哈"，黑背奔过来，一口含住肉丸子！肉丸酱惨叫一声："救命！"

黑背赶紧吐出来，瞪着肉丸酱，迟疑地说："是你在说话？"

肉丸酱点点头。

黑背两眼一白，翻身晕厥过去。

肉丸酱问："他怎么了？"

我说："没事，过一会儿他就好了。"

过了十秒钟，黑背又翻身爬起，说："那我能不能吃你？"

我们一起摇摇头。

黑背如遭雷劈，跌坐在地，直愣愣盯着肉丸酱，眼眶开始发红，然后号啕大哭。

他哭得梨花带雨，惨不忍睹，结果肉丸酱受到感染，也号啕大哭。

黑背看见肉丸酱眼泪四溅，发了一会儿呆，猛地伸出舌头，舔干净肉丸酱的泪水，喃喃自语："吃不到肉，舔点肉汁也是好的。"

6

肉丸酱找我,小心地说:"梅茜姐姐,你可以教我写字吗?"

我浑身一抖,沉痛地说:"肉丸酱啊,梅茜姐姐平时只会拍字。"

肉丸酱困惑地说:"什么叫作拍字?"

我难过地举起前爪,说:"你看,咱们手指分不开,打字只能靠拍的,啪,拍一下,啪啪啪啪,才能打好一个字,还经常想拍 G,结果拍到 H,想拍 U,结果拍出来 Y78UI,还写什么字,呜呜呜呜……"

肉丸酱不顾我的忧伤,兴奋地从草丛里扒拉出几张破烂的报纸、几根铅笔头,说:"梅茜姐姐,这是我从垃圾堆里找到的。"

我举着爪子,震惊地说:"干吗?"

他认真地看着我:"梅茜姐姐,我不要拍字,我要学写字,你看,我有手。"

说完他举起手。

天哪!丫有手!

我突然很想哭。

7

转眼秋天到尾声了,冬天面色煞白地扑过来。滚球球盖着发黄的树叶,蜷缩在草丛里。唱歌的姑娘很久没和我们相遇。

一直到下雪的深夜，她拖着行李箱要离开小区。她蹲在草丛边，对滚球球说："我要走了，和我一起走吗？"

　　滚球球摇头，说："我在等车铃的声音。"

　　姑娘说："为什么要等车铃的声音？"

　　滚球球沉默一会儿，说："因为我离开家的时候，只记得那儿有车铃的声音。"

　　姑娘抱起他，一块儿坐在长椅上。

　　姑娘说："这就是下雪啊，你这么小，肯定没有见过。"

　　滚球球说："嗯，就是有点冷。"

　　姑娘说："有点冷啊，没关系。这个世界很温柔的，知道吗？它是如此温柔。花谢了，它会让你看到唱歌的雪。雪停了，它会让你看到透明的冰。冰融了，它会让你看到微笑的云。每一种美丽，都是它在温柔地跟你说，别担心，你们都在我怀里。"

　　姑娘说："听，它在唱歌。"

　　姑娘捧起滚球球，雪花飞舞，全世界像在单独做一个梦，梦里有一望无际的夜。它包裹你所有记忆，变成一望无际的海。

　　你想念的人在夜晚某时某分，在海洋某处某地，在那片一望无际的某个角落。

　　所以你只要在夜里，对漫天飞舞的雪花说，我想你。

　　不知道他在哪里，所以要唱给整个夜晚听，唱给整片海洋听。

　　滚球球问："姐姐，你的夜晚里，你的海洋里，有什么呢？"姑娘的眼泪哗啦啦掉下来，掉在滚球球的脸上。

她说："我有一个温柔的世界，一切美好，花朵无限地香，青草无限地绿，天空无限地蓝，可是差了一块，要等那一块填补上去，这个世界才是完整的。"

滚球球说："那一块是什么？"

姑娘没有回答，呆呆地看着滚球球，说："你呢？你的夜晚里，你的海洋里，有什么呢？"

滚球球说："有妈妈，有家，有叮叮当当的车铃声。"

他们静静地坐在长椅上，雪花落满身体。

在如此安宁的深夜，姑娘和滚球球一起，轻轻地唱歌：

"让它淡淡地来，让它好好地去，到如今年复一年，我不能停止怀念，怀念你，怀念从前。但愿那海风再起，只为那浪花的手，恰似——你的温油——"

8

我问老爹："老爹，姑娘和滚球球为什么只唱一首歌呢？"老爹说："每个人的人生，都像在不停单曲循环。每段时间，你就只能单曲循环一首曲子。你停不住，它停不住。等到换了曲子，说明你到了另外一个阶段。"

我说："然后呢？"

老爹说："然后开始新的单曲循环。"

9

第二天大清早，我起床散步，发现黑背站在高高的楼顶，努力仰起头。

我好奇地爬上去，看见他头顶肉丸酱，脖子挺直，一副试图用脑袋戳破天空的模样。

肉丸酱踮脚站在黑背头顶，侧着耳朵，闭目聆听，小声说："挺住，挺住，我感觉我快听见了。"

黑背颤抖着说："我挺不住了啊。"

过了半晌，肉丸酱跳下来，大叫："我听见啦！"

黑背摇摇晃晃离开，脸色发青，嘀咕着："我不行了，我要回家睡觉。"

肉丸酱说："黑背，你不咬我一口啦？"

黑背有气无力，哭着说："我颈椎都快爆炸了！我不管，我要回家睡觉。"

说完，黑背一路踉踉跄跄回去了，中间连摔七十几跤。

肉丸酱告诉我，他在寻找车铃的声音，他跟黑背交易，让他顶着自己，这样可以站更高一点，听更远一点，代价是给黑背咬一口。结果黑背一动不动顶了四个多钟头。

远处还能望到黑背扑通摔一跤，挣扎着爬起的背影。

10

滚球球和肉丸酱敲开我家的门。

滚球球身背一个环保袋，里头装着破报纸和铅笔头。

他们认真地说，要去寻找有车铃声的地方。

我在环保袋里装了点狗粮，说："找不到就回来。"

他们走了。我站在门口，眼泪止不住地掉。

11

过了好几天，我在马路边溜达。

马路牙子传来微弱的叫声："冲啊冲啊冲啊！"

我低头一看，无数蚂蚁在狂奔，他们狂喊："冲啊！吃他娘，抢他娘，闯王来了不纳粮！"

我跟着蚂蚁嗒嗒嗒走了一段路，脚碰到一颗发馊的小肉丸。

我注视着发馊的小肉丸，有些眼熟。

可他是死的，而且很小。

似乎是因为我看着他，恍惚里总觉得他冲我笑了一下。

然后慢慢地、慢慢地瘫软，慢慢地、慢慢地化为一堆粉碎的肉末。

我抬起头，是间破败的小店铺，门头有四个字：老王五金。店铺倒闭很长时间了吧，墙角有个锈迹斑斑的车铃。

我的心猛地收紧，不知道为什么，眼泪开始冲出眼眶。

接着我看到环保袋。

我扒拉袋子，叼出破破烂烂的报纸，边缘上写着许多歪七扭八的铅笔字。

12

在《小三上位出新招》的报纸边上，有几行字：

其实我没有听见车铃声，但我学会了写字。以前滚球球在叶子上，用小石头刻着字，我看不明白是什么字。

我问滚球球，他也说不认识，他是文盲。他只记得，小时候被抓住丢到河里，幸好阿独救了他。

在妈妈身边被抓住的时候，他只来得及记住，住着的地方有块牌子，上面写着这四个字。

他每天写千万遍，就是怕忘记。

现在，我认识字，我知道是老王五金。

别怕，滚球球，我带你去。

在《北京 PM 值爆表漫天阴霾》的报纸边上，有几行字：

走得真累。终于走到了老王五金。

滚球球不肯离开，他说要等妈妈。

在《老太太怒斥少女不让座，双方互骂五分钟》的报纸边上，有几行字：

我们等了几天，没有东西吃，滚球球躺在地上不能动了。

我说："滚球球，你吃我好不好？"

滚球球说："不可以，你还在发育呢。"

我哭了，说："滚球球，我发现自己长不大了，反而在逐渐变小，你看我，已经不是狮子头，跟鱼蛋差不多大啦。"

滚球球说："这个世界很温柔的，就算你变小，那说明有更美好的事情在等着你呢。"

在《赵本山告别春晚，网友纷纷挽留》的报纸边上，有几行字：

滚球球昏过去了。

我坐在他嘴巴边上，屏住呼吸。

只要我两分钟不呼吸，就会死掉。

这样，等滚球球醒来，他就会发现，吃的在嘴边呀。

因为我只是一个普通的小肉丸。

滚球球，再见。

谢谢你，在我是活着的肉丸的时候，你让我知道，这是一个温柔的世界。

那么，再见啦。

13

我发疯似的找滚球球，翻开墙角的垃圾，他蜷缩在那里。我拼命喊他，他一动不动。

又下雪啦。

可是这里很喧哗。

各种行人的吵闹声，汽车的喇叭声，还有小孩滑了一跤，正在放声大哭。

一个大婶路过，嘀咕了一句，秋天这里病死一条大狗，冬天又冻死一条小狗，真不吉利。

那个锈迹斑斑的车铃，被人踢了一脚，发出叮叮当当的声音。

我的耳朵贴着滚球球，似乎听到他在唱：

"让它淡淡地来，让它好好地去，到如今年复一年，我不能停止怀念，怀念你，怀念从前。但愿那海风再起，只为那浪花的手，恰似——你的温油——"

我们都在单曲循环，你会停在哪一首？

梅茜：“老娘这么笨的金毛，荤素不忌，快慢由心。说睡就睡，睡醒再睡。拳打黑背，脚踢边牧。跑起来吓死爹，躺下来装可爱。有钱有势我滚肉丸，家徒四壁我啃地板。热闹的时候我是宠物，冷清的时候我是亲属。你说跳我跳一米多高，你说吃我吃两斤多重。你陪我一程，我还你一生。”

老爹：“么么。”

The Journey
with You

194

第五话

我们要彼此相爱

The Journey with You

所以讨好你，
真的可能只是喜欢你而已，
想跟你做好朋友，就这么简单。
对你好的目的不明确，也许并不是想害你，
而是因为喜欢你。
一百个虚伪的人里面，肯定有这么一两个的。

我不理解这个世界，不懂得一切规则，我只知道喜欢你。

我不试图留在你心里，我只想将自己拥有的一切给你。

用十年来喜欢你，这些就是我的财富，

别嫌弃这一点点财富，那是我的全部狗生。

别问我值不值得，我傻得很，没有考虑过，

从出生那天开始，我就在等你，然后陪着你。

我最难过的事情，是没有办法等到你老去。

请允许我活着。

让我留在
你身边

The Journey with You

你要允许我活着，虽然时间并不长。我一共有十年的生命，在这十年中，十分之九的时间，你在努力工作，招待朋友，去美好的地方寻找风景。剩下的十分之一，我能够看见你的身影，所以这是我最重要的一年，比从小陪我长大的橡胶球重要，比我的水盆重要，比一切好吃的食物加起来还重要。

我有小小的世界，卧室到客厅，厨房到门口，以及小区春绿秋黄的草坪。我也有复杂的工作，趴在门口听你回家的脚步声，躲在窝里回想你早上跟我说的话。我不要工资，别讨厌我工作做得不好，我将用一辈子做到更好。

你会结婚，你会有宝宝，你会有那么多操心的事情。而我穿行在你生命中，奔跑，欢呼，静静注视你，用尽全力让你重视的人可以喜欢我。

我会掉毛，虽然我自己也不愿意，所以你要骂骂我，不然我会觉得难过，因为这带给你麻烦。但是求求你，骂得轻一点，我的心都碎了。

我会在你看电视的时候，给你做脚垫。我一点也不脏，真的，你带我洗澡就好了。

我不理解这个世界，不懂得一切规则，我只知道喜欢你。我不试图留在你心里，我只想将自己拥有的一切给你。

黑背救爹记

黑背老爸红着眼睛对黑背说：

"不是我逼你住阳台，房租又涨了，

换房计划破产，实在挤不出地方给你。"

黑背一愣，红着眼睛说：

"老爸，你租个狗窝吧，我挤出地方给你。"

黑背老爸五一收到几张喜帖。

第一场婚礼他的积蓄就花光了。这场婚礼非常厉害，大家头顶挂着屏幕，在不停滚动字幕。比如，王二小，礼金八百元，入二等席；吴三八，礼金四千元，入特等席；郭富勤，破鞋一双，已打折双腿；黑背老爸，一百七十三元，门口板凳。

黑背老爸当场痛哭出声，他握着新娘新郎的手号啕大哭，喜事差点被他弄成丧事。

第二天他去银行贷款。银行小姐问他："先森 [1]，贷款整什么玩

---

[1] 先生。

意儿？"

黑背老爸："贷款付份子钱。"

银行小姐："我行没有这个业务。"

黑背老爸："没有这个业务老子弄死你。"

银行小姐："保安，弄死丫的。"

黑背老爸被银行保安折腾一通，回家后发呆。这时候有人敲门，是他的初中同桌，叫裤头。

裤头对他说："眼前的困难都是暂时的，只要年轻，就有希望。"

黑背老爸重重点头说："裤头，你真有文化。"

裤头说："你听说过宇宙能量物质永恒自净高矿富氧超负离子生命水一体机吗？"

黑背老爸说："你说的每个名词我都有印象，加在一起就不明白了。"

裤头慈祥地说："没关系，你上几节课就能明白了。"

黑背在我家蹭饭，锅里咕嘟嘟炖着肉丸。

炖好了后，黑背分到三个丸子，他含在嘴里不肯咽下去，说要等老爸回来一起吃。

我爹说："你别等了，你爸搞传销去了。"

黑背瞪大眼睛，激动地说："传销是一种妹子吗？我爸真的可以搞到？"

我喝了口酸奶，奋力跟他解释："传销是很可怕的违法行为，就像你被关在笼子里，连嘘嘘都有几个人看着。"

黑背大惊，说："那我老爸一定会觉得很不好意思，嘘不出来的。"

我说："现在不是考虑嘘不嘘的问题，你爸蛮危险的，他一定很想你。"

黑背说："梅茜，你别这样，他就算不想我，我也会去救他的。"

说完他从自己的小背篓里掏出一根狼牙棒，用嘴叼着挥舞几下："梅茜，你看，我赞不赞？"

我默默在他面前按了下爪子，表示点赞。

老爹把剩下的肉丸全部装进他的小背篓，说："黑背，你是一条狗，路上没有吃的了，就找小姑娘要饭吃。"

黑背眼睛红通通的，说："小姑娘不给我饭吃怎么办？"

老爹说："小姑娘心都很好的，不给你饭吃，你就代替我向她们示好。"

黑背隆重地点点头，嘴叼狼牙棒，扛着小背篓，蹿出门去。

我问老爹："他去哪儿？"

老爹说："看样子是去广西。"

我吃了很大一个肉丸子，吃完却堵得慌，黑背又不会坐火车，只能拼命跑，跑到爪子都磨平。

广西是不是很远？比来凤小区还远吗？

想着想着我就睡着了。

在梦里，黑背借了阿独的斗笠，追寻着他老爸的味道，在车轮和人群中疯狂奔跑。

这时杀出一个大妈，挥舞着扁担向黑背杀来，大喝："哒！妖怪！"

不对，梦岔了，这是孙悟空。

重新梦一下，黑背走得又累又饿，突然发现前方 LED 灯牌大亮，写着："三碗不过冈。"

黑背大喜，一口喝完，被老虎咬死了。

不对，这是《水浒传》。

重新梦一下，黑背见到了他爸，扑通就给裤头跪下，哭着说："妖精！放了我爹爹！"

不对，这是葫芦娃。

最后梦到黑背回来了，一脸憔悴，拿着狼牙棒挖地葬他爸，一边挖一边唱："红消香断有谁怜。"

惨得我在梦里大哭，狗毛通通打湿了。

早上老爹对我说："哭什么，黑背不管到哪里，都会被遣送回来的，不信你等等看。"

我问："要等多久？"

老爹说："三。"

我说："三天？"

老爹说："二、一，当当！"

门口一看黑背果然回来了，还带着他老爸。

黑背老爸对我爹说："陈末，幸亏有你！"

老爹说："没事没事，不就是举报了你嘛！"

黑背老爸说："我想通了，有咱们两个一起努力，做到金钻不是问题。"

老爹："……"

我偷偷问黑背："你是怎么找到你爸的？"

黑背说："想知道啊？"

我猛点头，黑背嘿嘿一笑："买一台宇宙能量物质永恒自净高矿富氧超负离子生命水一体机，我就告诉你。"

黑背老爸的备份人生

叔，你看我们狗子，
把主人当作整个生命，
但是对主人来说，
我们只是一部分。
可是我们彼此相爱。

我的老爹是个卖字的，但是这两天拒绝打开文档，这让我十分忧愁。不写字就挣不了钱，挣不了钱我就没有肉丸子，可能连狗粮都没有。在对待工作上，我比老爹还要上心。

老爹耐不住我的追问，告诉我说，现在无法直视文档，打开来，第一个提示消息出现在左边，一堆备份文件一排排列好，提示说："如果您已经另存了重要文档，可以删除此处的文件。"

老爹说："保存它们的话浪费内存，删除它们的话又于心不忍。唉，心好乱。"

我相信这是他懒惰的借口，因为说完他就继续吃龙虾去了，这个夏天的最后一顿龙虾，老爹和黑背老爸一起郑重地吃着。

黑背老爸的一生，就像电脑里的备份，很少有需要用到他的时候，而偶尔有一次忘记保存正本，调他出来，往往还要被嫌弃不够完整。

有一次他遇到一个姑娘，姑娘请师兄吃晚饭，结果师兄说时候不早，走掉了，留下姑娘独自吃掉整张比萨。黑背老爸请她喝樱桃啤酒，对她说："备份同胞你好，其实我们应该自己偷偷跑掉，等对方发现后悔莫及。"

姑娘摇摇头："对方不会发现的，谁会记住一个备份呢？"

从那以后，黑背老爸对姑娘不可自拔，两个人在店里陷入热恋，但是黑背老爸总是担心姑娘会把他删除。

他就趁着吃龙虾的空当，问老爹："世界上真的存在你爱我，我也爱你的感情吗？"

老爹说："不然你以为全世界都在单恋？"

黑背老爸说："可是我从早上睁眼起来到睡前脑内故事，都是她的影子，她却连电话都不打给我。"

我爹说："说明她事业比你成功。"

黑背老爸还不罢休，继续说："两个人感情不对等，必定是悲剧吧？"

老爹懒得搭理他，把脸埋在清水龙虾壳里。我好心地说："叔，你看我们狗子，把主人当作整个生命，但是对主人来说，我们只是一部分。可是我们彼此相爱。"

黑背老爸痛苦地说："我们讲的完全不是一个事情，我恐怕会成为备份的备份，小名备备。"

我也不罢休，继续说："其实是一样的，感情不平等要看跟谁比。你喜欢一个人会付出百分之百，她喜欢一个人会付出百分之十，这都是你们爱的顶点，你拿她跟自己比，是不是不公平？"

黑背老爸冲我爹大吼："你看你家狗子，乐观得太可怕了！"

我爹也大吼："不准说我的狗，你这个悲观的'怨妇'！"

黑背老爸无法乐观，明明成为正文，却还以为自己是个备份。如果你有一颗期待被点击的心，也别忘记自我保存。

秋天必须做的十五件事

和老爹坐在路边，享受夜风。顺着老爹的目光看过去，
我忍不住问他，为啥辣个[1]姑娘的鞋跟辣么[2]高？
老爹说这样显得小腿曲线好看呀！
我继续问，为啥辣个姑娘的裙子辣么短？
老爹说这样露出大腿的曲线好看哪！
我又问为啥辣个姑娘脸上看起来辣么生气？
老爹一惊，低声喊："白痴，快跑，我们被发现了！"

特别奇怪，在我三岁前，每一年降温都伴随着下雨，稀里哗啦，树叶都湿答答地沾到地面上，但三岁这一年的大太阳明晃晃地照着照着照着，却凉快了下来。

刚立秋，老爹就开始兴高采烈的，背着双肩包兴高采烈地出门，兴高采烈地回家，讲几十遍天气真好啊。其实温度跟开了空调差不多，但是现在前门后门都打开，趴在地板上凉风唰唰地吹着我的背毛，天气真好啊。

正在失恋的黑背老爸很羡慕我爹，看上去一脸丰富多彩。他想

---

[1] 那个。
[2] 那么。

来想去，下班之后往往不知道干什么，我建议他去看电影，他说没有好片子，再说一个人买团购不划算；我建议他看小说，他玩了玩自己的游戏，天黑了打着哈欠就睡了。

我跟黑背讲："你老爸这样不行的，这么好的天气，窝在沙发和床上无疑是巨大的浪费，足够让人生悲痛。"

黑背也好几天没有出门，摇摇头说："除了吃饭看电影看书，一个人能做的娱乐很有限。"

我花了一个上午，帮黑背老爸做了计划，黑背老爸最喜欢转发《人生必须去的五十个地方》《三十岁之前要完成的二十项目标》，那今天，我就写《秋天必须做的十五件事》好了。

第一，要去没去过的咖啡馆，沿路买新鲜的莲子、菱角坐在那里慢慢剥。

第二，去玄武湖划船，最好是黄昏去，在湖心把桨放下，仰头看夕阳。

第三，准备好一次性烧烤炉，腌几对鸡翅，在最高气温跌破二十五摄氏度的时候用来庆祝。

第四，去商场挑选低调耐穿的皮鞋和俏丽丝巾，中秋节带回家一定比月饼好一些。

第五，去剪头发，要帅但不能太短，冬天毕竟也不是很远。

第六，约朋友吃饭，或者去朋友老家一趟，如果是乡下就最好不过，乡下的草狗十分治愈。

第七，等 IMAX 大片上映，肯定有的，现在电影急不可耐地都想搞 IMAX。嗯，一个人在超级大的屏幕和超级吵的音效面前，都会显得热闹一些。

第八，买几张古典音乐的 CD，我老爹的音响可以借给你，睡不着就想象一下自己要经历波澜起伏的故事。

第九，彻底大扫除一次，不能请钟点工阿姨，阿姨会发现你的秘密，趴在床底下，用抹布好好擦，最好连窗帘也洗一下，阳光这么好，这么凉爽，透进来的时候也得是干净的。

第十，去鱼塘钓小毛鱼，买几只螃蟹，请我老爹吃，他一高兴就送你他珍藏的好酒。

第十一，国庆节长假，即使交通瘫痪，也要想办法找个不那么拥挤的地方，必须出去。为什么？一年有几个长假，能出去的机会并不多呀。

第十二，带黑背去郊外放风筝，记得带瓶水，狗子不能喝生水，长寄生虫就麻烦了。

第十三，在细碎却频繁的空闲时间中，学会 PS（修图）。PS很有用，学好黑背就能上镜了。

第十四，买一身运动衣，大牌的，大牌会打折的，不要怕。在周日穿运动衣，假装很潇洒地插着裤兜在路上走，借机寻找迷路少女，然后指明方向。

第十五，忘记她，忘记她，忘记她，忘记她，忘记她，忘记她，
忘记她。

有这么多计划，这么多成就等待完成，这么多寂寞等待被填补，
还有什么放不下？蓝天，凉爽，阳光充沛，身体健康，一个人也好
忙好忙。

我把计划送给黑背老爸，黑背说，他爸爸哭啦。

不要太感动，有什么放不下？

只是因为喜欢你

我们摇尾巴，讨好你，
就算被踩痛了还是高高兴兴，
有时候并不是为了一口吃的。

可卡妈是个女强人，每次见到她不是在冲冲冲就是在怒怒怒。

她没有男朋友，也没有女朋友。有时候邻居聚会聊天，连我老爹号称孤独王子，偶尔都会接到朋友电话，可是可卡妈的手机里面只有同事和领导。

她喝多了说起来，找个男朋友这鬼东西倒是不困难，就在于想不想找，而女性朋友，基本上就遇不到了。毕业后，只有上班才能接触到人，到哪儿去找朋友呢？

我说："可卡妈，为什么同事不能当朋友呢？"

可卡妈摇头说："你还太年轻，人类女孩很复杂的，你看我的同事小 A，今天请这个同事吃饭，明天请那个同事唱 K，后天就会爬到大家头上去了。"

说这些的时候可卡妈脸色阴沉，可卡赶紧把我拎到一边，偷偷跟我说："我妈嘴巴毒，性格直，就看不惯那些讨好老板、讨好同事的人。"

我很疑惑，讨好人是很丢脸的一件事情吗？对我们狗子来说，每天最大的任务就是讨好主人，为了这个目的，哪怕打滚翻肚皮、用耳朵抽自己嘴巴、一个跟斗从七楼滚到一楼……做许多许多蠢事，都可以的。

就像有些人一样，他们会问候每一个人早上好，带零食给大家吃，看到你的水杯倒了，一个箭步就会扶起来。

可卡甩甩耳朵说，她妈管这种行为叫作虚伪。

我想我明白可卡妈找不到朋友的原因了。很多很多可卡妈，觉得自己很直爽，所以看不惯那些会看脸色、小心翼翼的人。但是这些人，明明受的委屈更大。直爽的人可以当面骂，虚伪的人只好在背后说，其实两种伤害都很严重的。虚伪的人也会生气，也会郁闷和伤心，但是他们都咽下来，做出一副笑眯眯的表情，他们明明很讨厌你，还要做出很喜欢你的样子，他们也很不容易呀！

人类不会轻易对彼此好的，没有目的的热情，只不过是目的不明罢了。她妈还说过，连狗对你摇尾巴，都是为了一口吃的，那同事就更别说了！

我看可卡的样子有点伤心，如果我爹这么说，尽管他没有别的意思，我还是会伤心。我们摇尾巴，讨好你，就算被踩痛了还是高高兴兴，有时候并不是为了一口吃的。

我认真想想，就算老爹饿我两天，我也不会不理他的，因为我喜欢他。

所以讨好你，真的可能只是喜欢你而已，想跟你做好朋友，就这么简单。对你好的目的不明确，也许并不是想害你，而是因为喜欢你。一百个虚伪的人里面，肯定有这么一两个的。

我写这个给可卡妈看，她要是赞同我的话，那么她的好朋友，说不定就在身边等着她呢。

每个胖子心里都住着一个瘦子

不要紧不要紧，有的人很瘦，
心里却住着一个大胖子。

老爹带我洗澡，表现得对我的健康十分关心，他一会儿问小姑娘我的皮毛够不够光滑，一会儿问什么狗粮天然无添加。我摇着尾巴假装很感动，其实我知道老爹一是想搭讪，二是搭讪不成就把洗澡钱的价值发挥到极致。

没想到这一聊，出了大问题。小姑娘捏着我的肚子，用各种手法探测了半天，严肃地说："梅茜是不是怀孕了？"我爹当时就结巴了，看着我，一脸胡思乱想。

幸好医生证明我是清白的，她告诉我爹，我吃得太胖，需要减肥。最后医生补充了一句，主人要起到榜样作用。

我跟老爹各自看着自己的大肚子，开始了艰辛的减肥之旅。老爹每天不吃饭，光喝啤酒，而我开始努力啃南瓜。

结果老爹越喝越肥，哭着对我说："梅茜，你知道吗？啤酒叫作液体面包，我每天都吃一箱面包啊！咦，梅茜，你的毛怎么越来越黄了？跟南瓜一样黄！"

节食减肥宣告失败，我俩胡吃海塞之后决定还是运动减肥。从清晨走到夜晚，只有见到冷气开放的商场和饭店才休息一下。于是一整天基本都在休息，运动减肥也宣告失败。

坚持不下去的时候，老爹用正能量激励我："你看可卡妈，她这么刻薄讨厌的女人都能瘦下来，我们为什么不能？"

于是我偷偷去找到可卡，问她老妈的减肥秘方。可卡在家中吭哧吭哧一找，有赤橙黄绿青蓝紫一大堆药丸。

我惊讶极了："彩虹糖居然能减肥！"

可卡说："不是的，这种减肥药没用，电视都曝光了，你等等我，我再找找看。"

可卡哗啦啦又翻出一堆减肥茶、苦瓜粉，最后拿出一张婚纱照，如释重负："喏，就是它了！"

我看到婚纱照上一个胖妞依偎在"刘德华"身边，问可卡："这张照片可以帮人减肥？每天要拜几次呢？"

可卡说："这是我妈的婚纱照啊！喂，你信不信我咬你啊！"

后来我才听说了可卡妈的减肥故事。原来她曾经也想结婚的，

"刘德华"对她很好，领证前就拍了婚纱照，说她很漂亮。

然而婚还是没结成。

伤心的可卡妈痛定思痛，拼命减肥，吃药吃到半夜吐泡泡，喝茶喝到上不了班，等体重表终于到达心中的那个数字，却出事了。

体检的时候，医生告诉她，她没办法有自己的宝宝了。

可卡妈又哭又笑，停掉减肥药，却再也胖不起来了。

我快快地回家，告诉老爹，减肥的代价太可怕了，为了一部分脂肪，会损害一整颗心脏呢。

老爹听完若有所思："算了，不减肥也不要紧的，毕竟还会有人看中的不是你的身材，而是你的身家呀。"

老爹，像你这样没身材又没身家，真的不要紧吗？

老爹说："不要紧不要紧，有的人很瘦，心里却住着一个大胖子。有的人看起来很胖，但每次照镜子，都觉得自己非常英俊！走，不要乱讲故事了，我们去吃夜宵！"

允许频频回顾，但也要懂得一往无前

重找一个人，
还是要经历热情、争吵、冷淡、僵持到接受。
都说会找到合适的，
但谁能保证下个是合适的？

纯情少女边牧妈做了一件很丢人的事情，她蹭到我爹旁边，偷瞄我爹的手机，依次下载了陌陌、遇见，甚至滴滴出行。

边牧还在莫名其妙，就被他妈带到文化街上，站在三十五摄氏度的夜晚，站到他妈手机没电。

这段时间，边牧妈在不停地刷新，不停地拒绝搭讪消息，最后她锁定了对象，安心回家继续聊。

我爹听闻此事如此诡异，就问她："咦，你难道芳心萌动？那也不用去文化街啊，那儿都是酒鬼。"

边牧妈弱弱地说："哦，不是，那个谁谁谁周五也会去那里。"

谁谁谁是谁呢？是拉黑边牧妈 QQ、微博、微信和人人网等一切社交账号的前男友啊！已经闹到连公用电话打过去都不接的地步了好吗！但是边牧妈思来想去，突然发觉她没有注册过艳遇神器，也许这样的话，谁谁谁就认不出来是她。

边牧妈采选头像的时候，仔细斟酌，最后偷偷用了可卡妈的照片。可卡妈的相册各种白富美，玫红色指数爆炸，当初她问可卡妈借照片的时候，可卡妈指甲油一挥就答应了，到现在才知道原来是这个目的，可卡妈都怒得要起诉她了。

几个邻居就聚到了我家客厅，对边牧妈进行批斗。主要内容是喝啤酒吃火锅，看着《康熙来了》哈哈大笑。

大家笑着笑着边牧妈就哭了，她伪装的身份被识破，因为她忍不住发了一条消息，问："你的胃炎好了吗？"

那个谁谁谁迅速回："原来是你，请你不要再骚扰我。"然后再也没有动静，估计艳遇神器也有拉黑功能。

我爹说："人贱不能自医，你模样不差，性格良好，为什么要吊死在一棵树上？"

边牧妈说："我跟他已经很长时间，知道彼此的缺陷，我喜欢他连同他的鸡眼，而他忍受我包括我的神经质，我已经在这棵树上搭窝，再找一棵的话，还不是一样？"

重找一个人，还是要经历热情、争吵、冷淡、僵持到接受。都说会找到合适的，但谁能保证下个是合适的？时间一样浪费，不如继续巩固。反正都一样，不是吗？

气氛一时沉默，我们狗子趴在地毯上，也不怎么敢继续吃。我小声问边牧："你妈是不是很懒？"

边牧回答说："不会啊，她每天打扫卫生、遛我、工作，十分勤快。"

我又问："那她为什么不愿意从头开始？一公里跑到最后一圈，发现实在跑不下去，那就换打羽毛球，打不下去，就换游泳。只因为这个操场比较熟悉，离家近，有公交直达，就懒得再换地方，说念旧，说舍不得，是因为懒得。"

我忍无可忍，跳起来高声大喊："看我们狗子，虽然喜欢频频回顾，但永远是一往无前。"

老爹摸摸下巴，说："再来一次是很累的，比维持假死累好几倍。尤其是第一步，宁愿被前男友打脸打到肿，也不肯打扮打扮去联谊派对，但是踏出去之后，会发现也没有累死。"

所以边牧妈不要偷懒了，快去广场遛狗，广场有好多帅哥。边牧听得都呆了，站起叼着飞盘就往外跑，边牧妈跟在后面跑，跑得不快，但是已经跨出了那一步。

呸，愚蠢的人类，最后还是要靠我们狗子。

快乐的能力生来平等

老爹快过生日的时候，拖了块黑板出来，写宾客名单。
我叼抹布在旁边蹲着，他说此人酒量太好，不请，擦掉；
此婆娘已然他嫁，不请，擦掉；
此妹子心有所属，不请；此少男过于英俊，不请；
此人去年空手而来，不请……半小时过去，
黑板上只剩边牧和黑背了。

从清晨就开始下雨，唰唰唰，是个特别适合睡觉的好天气。老爹一懒之下误了航班，醒来发现邻居们翘班的翘班，请假的请假，都用下雨的借口来我家做客。

门一打开，黑背老爸、可卡老妈就翻出了我爹的冻顶乌龙和酱猪蹄，吃口肉，喝口茶，美美地在飘窗旁边看雨。边牧妈还算有点良知，提议说："大家来吹捧一下主人陈末吧。"

可卡妈说："陈末，听说你最近接触了很多土豪，是我们小区第一个有望进入上流社会的，干杯。"

咕咚把茶喝完。

黑背老爸说："陈末，平时我觉得你挺游手好闲，什么也不干，怎么还有几百万读者，敬天才。"

咕咚把茶喝完。

边牧妈想了想，发觉我爹没有别的可被夸奖，只好说："你不光是个天才，还很帅。"

老爹亲自给她倒茶。

吃饱喝足，黑背老爸十分惆怅："为什么有的人轻易就能成功。上学的时候，大家都是在厕所点蜡烛复习，但是有几个人看看漫画，还是进了名校。"

可卡妈也恨恨地说："还有些女孩，连洗面奶都不用，皮肤就跟剥了壳的鸡蛋似的，凭什么我几万块护肤品用下去还是长痘痘。"

他俩瘫倒在地上，大喊不公平。

边牧妈开导他们，说："天生的东西是羡慕不来的，比如智商，比如美貌家世。但富二代可能坐吃山空，美人也许命运多舛，天才总是浪费生命，普通人踏踏实实，混个中上就罢了。"

达不到顶峰，那就努力爬得高一点，就会看得多一点吧！气氛一下子阳光又开朗，可卡妈说："就是就是，年轻的时候天生丽质，但是不护肤的话，到四十岁一定比我更老。"

黑背老爸说："没错啊，我那天才同学，因为无心学习，现在还在失业玩模型呢。"

我爹刚刚被夸了一通，十分不自在，好像被划分出去一样。他一直试图从话题里拉近距离，但此刻还是奋不顾身地发言："土豪落魄了，人脉关系还在，东山再起分分钟的事情。天才失业了，玩模型也能创造发明，明天就能上头条新闻。美人再迟暮，人家毕竟惊艳过时光。你们讲的那些励志故事，一听下来热血沸腾，遇到差距的时候又会绝望了。"

黑背老爸眼睛通红，大喊道："那你还让不让我们普通人活了？"

我爹说："我来给你们讲个故事，很久很久以前，有一对邻居小兄弟，左边那家是少爷，生下来就会背唐诗，右边的到十五岁才学会说话，你们猜后来怎么了？"

众人都追问："怎么了怎么了？"

正在啃骨头的狗子们啃兴奋了，大喊："在一起在一起。"

我爹说："我也不知道，反正很久很久以前了，估计都死了吧。"

先别嘘，成功优秀啊，碧血留汗青啊，跟无聊平淡啊，寂寂无闻啊，结局都是一样的，现在让你喝茶吃酱猪蹄，也不比吃海陆刺身拼盘差啊。比美貌智商财富，为什么不比快乐呢？

快乐的能力是生来平等的。

心打开原来是这样的

你把心打开来，检视一遍，

大家都在门口，也不打算进去，

在天亮之前合上，却轻松了许多许多。

有句老话叫作"知人知面不知心"。电视上也有种特异功能叫读心术，好像猜对别人的秘密就会得意扬扬。而实际上，绝大部分的秘密，都在我们这些宠物的耳朵里。

秘密有好有坏，它们都在主人和我们单独相处的时候冒出来，顺着主人搂住我们的胳膊，顺着主人湿漉漉的面颊，悄悄地探头探脑。

作为称职的宠物，可以辱骂主人、宣扬主人的丑事，但一定要记住的是，绝对不能讲主人的秘密。主人们知道宠物得了一种"讲出秘密就会死"的绝症，所以毫无保留地信任我们。

我的老爹以前教过我，开心的意思就是敞开心扉，说人敞开了心扉，就会开心。但是在主人们对宠物敞开心扉的时候，他们通常都比较难过。

那么这样说来，宠物还有一种叫作"知道了秘密也无能为力"的绝症。

我问老爹，人究竟怎样才开心，老爹没有直接回答我，他带着我去了我的小店。

我在南京的上海路开了一间小小的咖啡馆，每天都祈祷不要亏损太多。

开店带来最大的财富是许多神奇的女孩。有成群结队喝完酒醉醺醺的女孩，有独自一人坐在沙发上的女孩。回头客很少，大多数人都是从远方匆匆而来，萍水相逢，再匆匆而去，偶尔寄张明信片给我。

老爹躺在沙发上抽着烟，说："梅茜，咱们这儿不像咖啡馆，倒像一个旅游景点。"

在小店里面，居然也积攒了那么多的秘密，大家知道明日不会再相见，而今天的夜色也慢慢在降临，于是淋漓尽致地把自己的心，全部打开来给陌生人看。

心打开来原来是这样子的，像乱七八糟的画板，是每个人羞怯的习作，因为害怕评价和修改，所以平时都藏起来。而在昏昏暗暗的小店里，谁会那么关心你的天赋呢？大家随着你的故事笑，随着你的故事哭。你把心打开来，检视一遍，大家都在门口，也不打算进去，在天亮之前合上，却轻松了许多许多。

我对老爹说："原来开心的对象，必须是同类才行呀。"

老爹说："不止，像这样没有伤害，没有评价，不会冒冒失失闯进来的客人，才是开心的对象。日常中的我们，身边都是评论家、人生导师、段子收集大王，要对他们敞开心扉，那可不容易。"

人的心都是非常害羞的，连同情都会让心哭起来，想要对方开心的话，就别声张，沉默地陪伴，吃一碗奶油意面，喝一杯樱桃啤酒，就对啦。

只有沉默属于你自己

爱与不爱，和现实比起来，毫无意义。

狗子和狗子相遇，要么互相乱叫，要么狗毛横飞，很少会有沉默的时候。唯有两种情况：一是狭路相逢，双方竖起尾巴，战斗到筋疲力尽，只能趴着挺尸；二是相识已久，就像我和小区里的另一条狗子可卡，你枕我的屁股，我埋你的肚子，很厉害的姐妹淘。

人类情侣的沉默也只有两种情况。一是无话可说。这头女孩边流泪边乞求："你说话啊，说一句啊，你不说我怎么知道？"另外一头只是扭过脸，沉默，沉默。二是无须多言。我爹有一对朋友，恋爱长跑八年，两个人曾经七天不需要说话，眼神和鼻孔就能表达意思：嘴角一抬，定是有好事发生；手指微动，想必是要出去走走。最厉害的是，这对情侣的男方想要喝腊八粥，居然嗯了一声，女生就已经把花生莲子红豆呼噜噜放进锅里。

语言在神一般的情侣面前灰飞烟灭。但是结局是，前面的那种必然分手，后面那种也免不了分手。我问老爹，既然双方已经默契到了汗毛的地步，为什么还会分手。老爹说有些人了解彼此就像彼此肚里的蛔虫，但蛔虫终究是会被宝塔糖打下来的。

虽然我深爱你，爱到连情话都不用说，可是我的情话，又能说给谁听呢?

不过，把狗子和人类小情侣类比未必恰当，因为人类情侣沉默的状况往往十分迷离。

黑背老爸常年单身。但在我们搬进来之前，他貌似还是有女朋友的。那时候的黑背老爸忙得一副成功人士的派头，除了遛狗的时候打个招呼，从来不参与邻居的活动。我爹跟黑背老爸好起来是半年后，黑背老爸突然闲得就像无业游民，深夜两点还会敲门借碟片，什么《蓝色生死恋》《我脑中的橡皮擦》等，一看就是一宿，边看边喝啤酒边咳嗽。

我老爹心想这不是办法，又不是营利场所，黑背老爸到底发生了什么事? 看他咳得眼泪直流，莫非有什么不能告诉别人的隐疾?

我爹问:"为什么之前你那么忙?"

黑背老爸说:"因为我女朋友。我女朋友要逛街，要看电影喝咖啡去海边旅游，于是我赶去单位赶去遛狗，只为了赶得上陪在她身边。"

我爹问："为什么你现在这么闲？"

黑背老爸说："因为我女朋友。可是她妈妈看不上我，逼着我女朋友去相亲。看，我能陪在她身边，从星辰隐没到地平线发亮，但是我没办法陪着她和其他人恋爱。"

我爹说："那你喊她不要去。"

黑背老爸没有喊，他选择了沉默。他的意思是，如果非要我开口求你别去，那还有什么意义。你爱我自然不会去，你去了就是不爱我，说话就像绕口令，爱与不爱，和现实比起来，毫无意义。

老爹长长地叹了一口气，黑背老爸缩在沙发上，裹着桌布睡得一抖一抖。老爹也陷入了沉默。

所以人类情侣的沉默还有第三种情况，就是察觉了，爱与不爱，和现实比起来，毫无意义。

只有沉默是属于你自己的。

不难过，沉默才能找到你自己。

我是认真的

你可以对感情不认真，
对工作不认真，
但时间对你，
是很认真的。

老爹跌跌撞撞回家，一看又喝多了。他快过生日，这么多年的朋友们，有的互相不能见，见了就打架，有的还是不能见，见了就抱着哭。于是只好分开来一场接一场，生日一过就是半个月。

老爹喝多了，睡觉总是不踏实，一抽一抽的，还会突然惊醒，我就守在他床边，他一醒就舔舔他的手。他迷迷糊糊地对我说："梅茜啊，认真不是个好事情。你看老那谁，小那谁，唉。"

讲得不清不楚，他翻身又睡着了。老爹的朋友我基本上都认识，但是因为我出现才四年时间，很多故事还不了解。老爹去喝酒的时候从来不会带着我，说感性的场合再加上一条狗，就会一塌糊涂。

我想那天可能不小心上一轮的朋友没走，碰到了下一轮的旧情人，尽管老爹和他的朋友们头发都白了，腰身都肥了，甚至有的都得糖尿病了，他们对旧情人还是很认真的。

老爹曾经说过，年轻的时候对什么事都认真。他遇到人家跟他表白，吓得闭门不出，三天内想了无数拒绝的理由，最后准备开门讲："好的，让我们有段美好的开始吧！"结果人家说："我是开玩笑的。"

然后又遇到人表白，老爹战战兢兢问："你是开玩笑的吗？"对方说："不，我是认真的。"老爹又是三天闭门不出，写了五十张 A4 纸来表达他的喜悦，还没交出去，对方说："哈哈，你还当真啊？"

当然不光是表白，请客吃饭啦，邀请一起去旅游啦，打电话说开创事业啦，翻来覆去太多次认真被调侃之后，老爹不是不郁闷的。

偏偏他身边的朋友，有同样遭遇的也很多，大家边喝酒边互骂，说认真不就是傻吗？

你看，好好上班，灌开水，拿报纸，呵护绿植，走的时候关灯、拔掉电脑插头，都这么认真了，岗位还是被老板小舅子的同学给顶了。

还有啊，对女朋友好，送西瓜送早餐，请假到她单位等她下班，被蚊子叮两个小时，这么认真了，女朋友还是嫁给相亲对象了。

甚至呢，比认真还认真了，把全部都给出去了，给向往的生活，就算这样，生活也还不是想要的样子啊。

老爹说："认真不是个好事情，这意味着你在意付出。就像不记账的话，随便也就过了，一旦开始记账，就会发现卫生纸、鸡蛋这些东西真的太贵了。这还意味着你在意回报，记账记成这样，如果还不能省下钱，还闹得心情不好，不如不记算了。很多人就这样放弃了认真。年轻人才认真呢，年轻人就是傻。"

也许我还年轻，我现在觉得认真是好事情，就算没办法改变结果，想起来的时候，也不会觉得可惜。不是所有事情，用不认真或逃避就可以的。你可以对感情不认真，对工作不认真，但时间对你，是很认真的。

老爹呀，我还能陪你好多年，多年后你喝完酒，我希望你还是嘟嘟囔囔地说："认真不是好事情，梅茜，我真傻，早知道不如糊弄一下算了。"

嗯，但是你不会后悔的，对吗？

让熔岩冰冻的唯一方式

山峰垮落变成海洋，海洋干涸成为良田。
良田枯裂变成沙漠，而沙漠失去绿洲。
在至荒芜的心里，要怎样开出花来？

老爹跟我说过，有一种人就像小狗一样，好像是正能量永动机。他们无论是丢钱包、丢工作，还是丢人，顶多隔一天，就笑嘻嘻地又抛头露面了。

他有时候挺羡慕，也怀疑这些人是不是背后偷偷号啕大哭，其实内心十分阴暗。

他跟我说："梅茜啊，黑格尔啦弗洛伊德啦星巴克啦都说过，压抑到一定地步就会爆发，我们一起等着吧，真的有这一天，一定会很可怕的。"

我觉得老爹的内心才阴暗得可怕。为什么每个人都非得一样才行呢？有人天生就不快乐，压抑一辈子也没办法高兴起来，而另一些人就是十分快活，如果说狗子是容易满足的温泉，那这些人就像无比巨大的火山。他们心中有整个地球的熔岩在涌动，无穷无尽满满都是热量。

我跟老爹说："你身边就有这样的火山朋友呀。"

老爹和他认识那么多年，见每一面都哈哈大笑，火山朋友就算哭，也是号啕大哭，哭完就忘记了全部。

老爹说："是啊，哈哈哈。这位朋友就是这么神奇，想到他的名字就会觉得快乐。"

但是很不幸，就在前几天，我和老爹亲眼见到了这样一幕：这座比黄石公园超级火山更伟大的火山，慢慢地又迅速地熄灭了。

因为他爱上了比冰川更冷淡的女孩。快乐的人总是天真的，如果一次被伤害，那后面的千百次也不会更痛苦，如果对方不爱他，只要还活着就有希望。

如果你嫌我太热情，我就试着稍微远一点。如果你嫌我话太多，我就试着去沉默。

这样的冷战持续了多少次没办法去统计，旁观的老爹一开始说不行的不行的，但到后面也开始相信并且祝福。

老爹跟我说："梅茜，这家伙太厉害了，在他身上体现了许多成语，比如说，愚公移山、精卫填海、水滴石穿、铁树开花等。你看这些成语，结局都是成功的，这家伙一定也可以。因为他是神话啊。他厉害到都答应去参加那女孩的婚礼呢，梅茜你说，他是不是很棒？"

我说："是啊，老爹，他棒死了。"

在敬酒碰杯的一瞬间，会场的声音都冻结，所有热情都在努力挤出来，想挤到嘴角变成微笑，可是不小心，跌落在眼眶，冰冰凉的。

火山朋友就这样熄灭了。冷战让熔岩裹上厚厚的壳，最后离开击碎一切。

我问老爹："那以后见到他，会不会笑不出来？"

老爹说："哈哈哈，一时半会儿见不到他了。"

山峰垮落变成海洋，海洋干涸成为良田。良田枯裂变成沙漠，而沙漠失去绿洲。在至荒芜的心里，要怎样开出花来？梅茜，你知道吗？

对不起老爹，我不知道。但我们还可以去沙漠探探险，对吗，老爹？

可卡："（教训萨摩耶三兄弟中）整天打麻将，去谈谈恋爱不好吗，你们懂恋爱吗？"

萨摩 A："早早听牌，可能抓完都要不到。想要的牌来了，可能已经改听了。"

萨摩 B："没人给你牌的时候，你就只好自摸。有人给你牌的时候，你就可以推倒。"

萨摩 C："屁和虽小，好过没有。"

萨摩 ABC："（异口同声状）这就是爱情。"

让我留在
你身边

The Journey with You

几栋楼，三条路，一个家，这个简单的地方，就是我的全世界。

我喜欢全世界，我喜欢老爹。

我喜欢梅茜和老爹在一起的每分钟。

他说要带我去走遍他的全世界，我一直觉得那应该很大吧，

但是我有信心跑完。

假如，假如我们永远停留在刚认识的时候，

就这样反复地晒着太阳，

在窗台挤成一排看楼下人来人往。

我不介意每天你都问一次：

"小金毛啊，起个什么名字好呢？"

让我留在你身边

The Journey with You

他们说，金毛一生只认一个主人，所以我只有一个老爹。

有一个月寄宿荷花姐家，我天天趴在院子栅栏边张望。

突然看到风尘仆仆的男人，呆呆地站在路边看我。我发疯一样扑出去，他摸摸我的头，我安静地跟在他脚边。在长椅上坐到后半夜，我醒来身边全是烟头。

他说："没事，回家。别人让世界变天，怎样，我们自己回家。"

而你路过之后，全世界都不会再有

他们说，金毛一生只认一个主人，
所以我只有一个老爹。

3月份发生了许多事情，虽然我基本上只是在家里待着，但电视里的新闻滚动播出，窗外的人们匆匆忙忙，不知道为什么有几分烦躁。

老爹3月份很忙，到了4月初也没停下来，基本上我见到他都在凌晨。

昨天晚上很意外，天还没亮，他打开门回家。

我已经习惯跟随老爹的作息。比如，他忙着码字，我就在沙发底下给他垫脚。他忙着开会，我学会了自己吃饭睡觉。他有时候一出门好几天，我就叼好绳子，等着对面邻居家的姐姐来接。

所以他突然回到家，我完全没有准备，啃坏的卷纸和咬碎的骨头还没有藏好。

老爹呆呆坐了很久，突然对我说："梅茜，跟着我是不是很累？"

我认真地摇头。

我不累。作为一条狗子，要永远有往下看的自觉。在隔壁的隔壁，有一只叫肉肉的小狗比我更辛苦。他的主人是一个离异老人，脾气和腿脚都不好，儿女来得也不勤快。肉肉在漫长的陪伴时光中，学会了取报纸，自己跟自己玩球，叼着零钱去门口超市买火腿肠。

这狗东西，居然进化了。每次老人都在散步的时候炫耀："看我们家肉肉多聪明。"

肉肉摇摇尾巴，眼神很安静。

每条狗子一旦选择和人长期陪伴，就做好了要改变自己的准备。

因为主人就是主人，他们顶多给宠物多点耐心，能够抽出时间陪着玩耍就算是我们的荣幸。我们吃人类的，用人类的，睡觉也希望他们提供一个避风避雨的地方。

那么改变自己，就是适应生存。

老爹问我累不累，他是把我当成一个人了吧。

而人和人的相处，考虑的就不止那么多。忙起来会忽略对方，累起来会忘记对方。开会开到话都不能说，会忘记发个消息给对方。

如果肉肉只会撒娇翻肚子，捣乱发脾气，老人可以对他说："我要你有什么用？"可你没有办法对另一个人说："要你有什么用？"

能为对方做的最有用的事情是唯一的，就是两个人在一起的时候，在一些瞬间，对方会变成世界上最快乐的人。

如果没有这些瞬间，对方会变成世界上最悲伤的人。

我记得在一个路灯都坏掉的夜晚，老爹顾不上我，而我默默跟在他屁股后面。我们走了很远，走到河边，在那么深的夜里，他号啕大哭。没有声音，眼泪掉在河水里。

极端的快乐和悲伤，只因为你一个人而存在。而你路过之后，全世界都不会再有。

那么累不累，和全世界都不会再有的悲伤快乐比起来，究竟要选哪个呢？

在老爹看着我，问我问题的那一瞬间，我也成为全世界最快乐的狗子。为了这一瞬间，我愿意安安静静住在这个家里面。

我不累，让我留在你身边。

别人不想要的东西，偏偏是自己的珍宝

这个世界到处是画的心。

有的是一所房子，有的是一句承诺，

有的是一次花开，有的是一把雨伞，

有的是一首歌曲，有的是一顿晚餐，有的是一条短信。

又有一天走了两个小时，一人一狗浑身灰尘。

我说："老爹，我爪子要磨平了。"

老爹冷静地说："梅茜，我的拖鞋很久以前已经掉了。"

一条泰迪连蹦带跳跑过来，跟我说："你叫什么名字，怎么从来没有见过你？"

我说："我叫梅茜，你呢？"

他说："我叫滚滚滚。"

我喜出望外，说："我们小区有条小狗，叫滚球球，你们是兄弟吗？"

他说："不知道啊，他跟我一样，也姓滚吗？"

我说："滚这个姓很少见呀。"

他说："是啊，因为爸爸妈妈每次看到我，都说，滚滚滚，于是我就给自己起名字叫滚滚滚。"

我说："爸爸妈妈带你出来散步吗？"

滚滚滚说："爸爸搬家了。"

我说："妈妈呢？"

滚滚滚说："妈妈哭了好几天，不见了。"

我大惊失色："你没有报警？"

滚滚滚说："我不会打电话。"

我说："那我帮你打。"

滚滚滚呆了一会儿，说："没有关系，因为我有其他的任务要做。等我任务完成了，他们就会来带我走。"

滚滚滚带我们到公寓楼下，一个小小的角落，那里贴着地面，用粉笔画着一颗心。

他说："爸爸妈妈以前在这里画的，只要这颗心一直在，我们就一直在一起。"

我说："那下雨了，会被淋湿的。"

滚滚滚骄傲地直立起来，前爪扒在心上面，头紧紧抵着墙壁，说："梅茜，你看，这样雨就淋不到了啊。"

滚滚滚的毛都打成结了。我从没见过一条泰迪，年纪轻轻就要变秃子了呢。老爹蹲下来摸摸滚滚滚的脑袋，轻声说："滚滚滚真了不起，还会直立，我们家梅茜就不会。"

我本来想反驳什么，突然发现老爹眼角亮晶晶的，就没敢出声，怕他翻脸。

老爹说："滚滚滚，要不要和我们一块儿走呢？梅茜有好多肉丸子，可以分给你的。"

滚滚滚眼睛一亮，说："肉丸子啊，以前我也经常吃呢。"

我说："那我们回家啦，我分给你。"

滚滚滚眼睛又暗下去，说："我要等爸爸妈妈。"

我说："他们要是不来了呢？"

滚滚滚生气了，背对我们坐着，看着墙角说："那我守着这颗心，只要它不消失，爸爸妈妈就会来的。"

那颗用粉笔画的心，有些地方早就不见了，线条断断续续的，像是好多好多缺口。

它比小小的滚滚滚还要小。

滚滚滚哭了。

他说："我真没用，我是小狗，所以没有让它一直是完整的。梅茜，你相信吗？我会长大的，变得和你一样大，然后一滴雨也淋不到它。"

他这么说，应该下过很多次雨了吧。

他是扭过头哭的，我想是因为害怕眼泪流到墙壁上，弄脏了那颗心。

我刚想劝他，老爹拉我去旁边便利店，说要买好多火腿肠。便利店的姐姐说："是不是买给滚滚滚的？"老爹点点头，姐姐说，"没关系，我会看着他的。"

老爹留了五百块，说："谢谢你。"

姐姐看着老爹说："也谢谢你。"

我们离开的时候，滚滚滚还背对这个世界，面对墙角用粉笔画的小小的心，一动不动。

起风了，塑料袋吹到空中。

几片叶子吹到滚滚滚旁边，他叼过去，枕在上面睡着了。

我突然哗啦啦地哭了。

老爹问："梅茜，你哭什么？"

我说："老爹，我很小的时候，是不是也住在这里？"

老爹不说话。

他不说话，我也知道。

趁他不注意，我向高高的三楼望了一眼。恍恍惚惚，好像看见一条小金毛探出头，两个人站在她身后，吓唬她说："梅茜梅茜，你耳朵那么大，会不会飞呢？"

这个世界到处是画的心。

有的是一所房子，有的是一句承诺，有的是一次花开，有的是一把雨伞，有的是一首歌曲，有的是一顿晚餐，有的是一条短信。

可是画的人不知道去了哪里，剩下滚滚滚苦苦守护。

自己守护的东西，偏偏别人不想要。

别人不想要的东西，偏偏是自己的珍宝。

在夏天拯救世界

如果我死了，想到陪在老爹身边的不是我，我会非常难过。

他吹口哨的时候，屁颠屁颠跑过去的不是我了。

他做饭的时候，傻傻坐在边上干等的不是我了。

他躺在长椅上晒太阳的时候，表演捉蝴蝶的不是我了。

1

我们集体到黑背家玩，他住在楼顶。一到露台，就发现黑背和边牧的狗头躲在飞盘后面接吻！周围一圈狗疯狂地喊加油！

后来才知道，边牧带了礼物。他把飞盘在冰箱里冻了一夜，小心地叼到黑背家，请他舔了降温。结果两条狗的舌头都冰在飞盘上，拿不下来了。

边牧和黑背眼珠子瞪出眼眶，玩命地拔，像拔河一样，舌头拔出来一尺多长！泰迪喊"加油"！萨摩喊"拼了"！可卡喊"用劲"！

牛头㹴婆婆站在旁边看了一会儿，抓把狗粮一抛，仔细看看撒下来的形状，说："离卦属火，应是无碍。等等，怎么还有巽卦?!不妙，大家住手，有狗会遭遇血光之灾!"

话音未落，太阳晒得冰化了，飞盘一下射出去，打在婆婆头上。咚!婆婆应声而倒。

飞盘弹得一米多高，掉到楼下去了。

2

我们往下看，发现飞盘掉到一楼院子里。边牧呆呆地看着飞盘，摇摇头说："算了，不要了。"

黑背一下眼眶就红了，说："不行，你只有一个飞盘，找不回来就再也没有了。"

于是我们商量了一会儿，黑背站在露台边上，他叼着萨摩 A 的尾巴，萨摩 A 叼着萨摩 B 的尾巴，萨摩 B 叼着萨摩 C 的尾巴，萨摩 C 叼着我的尾巴，我叼着牛头㹴婆婆的尾巴，牛头㹴婆婆叼着可卡的尾巴，可卡叼着泰迪的尾巴。就这样，从楼顶一直挂下去，就靠泰迪去叼院子里的飞盘了。

一长条狗子贴着楼房挂下去。我感觉自己倒挂着，脑子充血，整个小区都反转过来。几栋楼，三条路，一个家，这个简单的地方，就是我的全世界。

萨摩 B 贴着四楼的窗玻璃，里面正好一桌人在打麻将，有人丢张二饼，萨摩 B 大喊一声："和啊！"

然后从萨摩 C 开始全掉下去了。

黑背喊："靠幺！"

于是萨摩 A 和萨摩 B 也掉下去了。

我大叫一声："大家想办法各自飞起来啊！"

有的狗疯狂摇尾巴，企图当作螺旋桨起飞，失败；有的狗拼命对下面吹气，企图当作火箭推动器，失败；萨摩 C 大叫："萨摩 B 你个棒槌，屁和也和！"

3

从三楼掉下去，不死也会半狗瘫痪。

掉下去的那一秒钟，我想起了自己并不漫长的狗生。

4

如果我死了，老爹会孤单得不得了。

他可以再养一条狗。

我会躲在楼道门口，每天偷偷教那条狗子，要早点长大，别乱咬东西，别随地小便，老爹没有时间收拾的。

一个孤单的中年男人，我们做狗的，不能欺负他。

如果我死了，想到陪在老爹身边的不是我，我会非常难过。

他吹口哨的时候，屁颠屁颠跑过去的不是我了。

他做饭的时候，傻傻坐在边上干等的不是我了。

他躺在长椅上晒太阳的时候，表演捉蝴蝶的不是我了。

只有家里的照片上，应该还是我吧。

几栋楼，三条路，一个家，这个简单的地方，就是我的全世界。

我喜欢全世界，我喜欢老爹。

我喜欢梅茜和老爹在一起的每分钟。

他说要带我去走遍他的全世界，我一直觉得那应该很大吧，但是我有信心跑完。

好像来不及了。

5

天上有一朵白云。

我飞快地远离那朵白云。

它像记忆中一辆白色的车，载着我熟悉的气味，留个背影给我和老爹。

我不能只留个背影给老爹，所以我要努力地笑。

一颗小水珠飞离眼眶。

原来有时候，我哭得比黑背还快。

6

后来呢？

老爹被评为本周小区之星，因为他接住了六条狗。

大夏天的，老爹穿了件西装，在广场接受小区居民的表彰。

他的奖品是一个飞盘。

于是他送给了边牧。

边牧叼着两个飞盘，傻坐着，一时想不明白应该怎么同时玩两个飞盘。

黑背在一边哭得背过气去了。

7

"梅茜，假如有一天你真的会飞了，你想飞到哪里去？"

"我想飞到肉联厂，叼一百吨肉丸子回来。"

"咱家有的是肉丸子，我们换个事干行吗？"

"那就叼妹子吧。"

"真是一条好狗啊，除了说话直了点。"

夏天真热，但天也真蓝，树也真绿，阳光真好，全世界真明亮。

大米的菜园子

大米，我们的新房子养不了狗，没有菜园子。

从现在起，你就退休了。

我不吃你，你自己找办法活下去。

有只麻雀落在我家后院子里头，一跳一跳的，地上明明就是水泥板，还啄个起劲。

我看这只麻雀圆滚滚，很神气的样子，也没打算冲出去赶它。

在小区里面，一楼的房子都会有个院子，别人家晒被单装篮球架，我老爹捯饬捯饬搞了个小咖啡座。黑背家没有院子，开始的时候很眼馋，说："梅茜，找个时间我们开派对吧。"

但实际上呢，老爹很少回来喝咖啡，阳伞和桌椅都落了灰，没精打采的。

所以麻雀选这里来玩，还挺稀奇的。

麻雀歪着头，恍然大悟，拍翅膀飞到了隔壁。

当初，在老爹装修咖啡座的同时，隔壁在翻土搞菜园子。大家差不多同时竣工，都很兴致勃勃，我爹倒了一杯啤酒，隔着栏杆想跟邻居一起庆祝。

邻居笑了笑，往菜田倒了一勺特浓肥料。

老爹一蹶不振，菜园子倒是欣欣向荣。青菜和小葱一条一条铺开来，边上还把开发商送的竹林刨掉，拿竹竿搭起来养丝瓜。

邻居看到我老爹把我带回家，想了想，跑周边也捡了一条回来。

我叫梅茜，那条狗子叫大米。

大米身上的毛白白厚厚的，品种不明，跟我们同批宠物狗性质也不一样。

我跟黑背、萨摩他们，生下来就是无业游民，除了好好活着没有任务。因为缺乏上进心，我们每天都在家捣乱，每一个养狗的人一开始都不会想到会有这么多麻烦。

掀掉垃圾桶，扯烂卫生纸，咬断电线和耳机线，在地板上撒尿，又刨烂地板什么的，都太普遍了。

狗子主人们聚在一起诉苦的时候，大米的主人总是嘿嘿笑着，自顾自给菜浇水。

大米不一样，养他就是为了看菜园子。

大米的狗窝就在菜园子里，主人不准他进房间，他白天在泥土里面玩，晚上在泥土里面睡，算是彻头彻尾的土狗。

有年夏天的时候，邻居种了许多西瓜，瓜蔓满地爬，绿叶子下藏了有点白的小球球。

小球球还没长出花纹，大米就打起了十万分的精神。

不管是谁经过，多看西瓜一眼，大米就会警惕地用身子护住小瓜。

我们几个狗子觉得大米小气，取笑他自创了一个新品种，叫牧瓜狗。

大米也不生气，他平时就很少说话，本来离我最近，我们可以成为最好的朋友，但我屁颠颠过去讲笑话八卦，他尾巴都不摇一下。

我也一蹶不振，没事不去打招呼了。

平时主人们都很忙，回家跟我们玩一下，我们都不满足。

每天溜一圈半小时，摸摸头加起来三十下，看电视的时候坐在我们旁边，顶多两个钟头。

太少了，我们经常感到寂寞。

直到那一天我们看到大米，才觉得自己幸运。

大米的主人除了伺弄菜田的时候出来，平时都不打开隔离门。

那天大米主人数着小瓜，满眼都是怜惜，大米在栏杆上蹭了蹭身上的泥巴，小心地跑到主人旁边。

主人顺手摸了摸大米的脑袋。

大米太过高兴，发出了长长的哭泣声，把主人吓了一跳。

对大米来说，能吃到每天的剩菜就满足了，得到这样额外的疼爱，是值得高兴很久的事情了吧。

可卡平时最娇惯，看到大米这样，心情也有点复杂，她跟我说："梅茜，工作犬跟我们就是不一样，有点铁汉柔情呢。"

大米最柔情的时候，是他主人家有了一个小宝宝。

在我们狗界，有几个生死攸关的时间点。比如说一对情侣闹分手，那共同养的小狗就不知道何去何从，比如说主人换城市工作，很可能小狗就要被送走，还有就是主人家有了小宝宝。

有小宝宝的时候最严重，很多小狗都会被临时寄养到别人家，那还好，总有回来的一天。

还有一部分，可能就去了另一个我们看不到的地方。

但是大米居然还能蹲守在菜园子里，这可能跟他不进屋内有关。

小宝宝出生后，在隔离门后面爬，大米就激动地摇着尾巴，在隔离门前跑来跑去。

小宝宝把手掌贴在玻璃上，大米立起来开心地舔。

小宝宝咿咿呀呀，大米也发出满足的叹息声。

等小宝宝学走路的时候，大米也得到了另一个任务，他要支撑住宝宝的步伐，不让小不点摔倒。

小不点揪着大米的毛，有时候不敢往前走，也会揪住大米的尾巴。那情形我们都看得倒吸冷气。

小孩子气力虽然不大，但揪起毛来还是很疼的。

然而大米从来不乱动，再疼也是一脸严肃的样子，严肃地流着眼泪。大米是什么时候从我的记忆里消失的呢？

肯定是个冬天，冬天的菜园子一片萧瑟，下雪后白乎乎的。在白乎乎中间拱起一个雪包，雪包抖一抖，大米就站了起来。

那时候小宝宝已经会笑着一颠一颠地快走，牵着妈妈的手，从外面经过菜园子的栏杆。

大米和往常一样，紧紧盯着孩子，身子贴住栏杆移动，生怕孩子站不稳，这样还能抓住他。

我瞧见邻居在往外搬东西，记起来老爹曾经说过，邻居要搬走了。那大米呢？我的心揪起来了，他们没有告诉过大米吗？

栏杆外停了辆面包车，宝宝和宝宝妈妈坐了进去，邻居老夫妇和儿子搬着家当，大米不知道发生了什么，还在转来转去。

"快把大米的碗也装上车，还有大米垫窝的旧衣服，你们不要忘了啊！"我冲着面包车叫，小宝宝哭了起来。

大米第一次跟我正面交涉，就是龇牙咧嘴，让我不要出声。

"大米，他们要走了！"我急忙说。

"大米，你快跟出去！"我扭头冲隔离门喊。

可是大米从来没有进过隔离门，他上厕所，也是在土里刨个很深的坑。

小宝宝又哭起来，不是因为我叫，他冲着大米张开小手。

大米也叫起来，呜呜地刨地，终于想从栏杆缝隙里挤出去。

邻居走过来，对大米说："大米，我们的新房子养不了狗，没有菜园子。从现在起，你就退休了。我不吃你，你自己找办法活下去。"

大米听不懂啊，他主人很少跟他说这么多话，大米语言能力很差的。但是大米知道，狗子面临的糟糕时刻，推迟那么久，还是到来了。

面包车缓缓启动，小宝宝哭得满脸通红，大米挤不出栏杆。

他想了想，转过身子，往敞开的隔离门冲。

从被抱回来开始，他一直都不敢进去。他看到过主人们在桌边吃晚饭，小宝宝骑着摇摇车，他观察过无数次那边的窗帘、走来走去的拖鞋。

他第一次踏上不是泥土的地板，又干燥又硬，跑起来飞快。

大米跑出家门，跟着车跑。

那是我最后一次见到大米，他发出长长的哭泣的声音，表情依旧很严肃。

后来大米去了哪里，是不是跳上了车，问老爹，老爹也不知道。

现在这只麻雀扑棱着翅膀飞到大米的菜园子，也许是有着以前的记忆。

以前鸡贼的麻雀，过来叼菜吃，都会小心避开一只有着白白的厚毛的大狗。那只大狗把每个果子都看成心肝宝贝，西瓜熟的时候，还要抱着入睡呢。

臭臭

隔壁小区有只小奶狗，
出生后鼻子就被坏人割去了。
现在他被老婆婆收留，
紧紧跟在老婆婆脚边一步都不敢远去。

老爹在晚上写剧本，结果他太拼命，一晚上开着台灯，倒在椅子上就睡着了。早上起来，他挂着鼻涕问我："梅茜，是不是降温了？"

我扑到窗边，虽然阳光明亮，但秋天快过去了。

我对老爹说："你好像感冒了。"

他开始闻不见饭香，抽烟也像吸了一口冷空气。以前老爹有个技能，闻闻衣服再决定穿不穿，现在他胡乱套了几件，上面还泼着吃螃蟹的醋汁。

老爹问我："梅茜，听说你们狗子的嗅觉灵敏度是人类的一千倍，那你岂不是过得很辛苦。比如说矿泉水，都能闻到铁锌钾钠钙的气味，那要是经过垃圾桶，岂不是像被化学武器狂轰滥炸一样？"

他边说边哈哈大笑，我看在他感冒的分儿上，没有反驳。

实际上人类自己不知道，他们是气味变化最多的动物。恋爱了带着奶油味，失败了带着发霉味，哭泣了带着洋葱味，深情了带着巧克力味……他们的心情和身体状况，都会通过气味传达出来。

对我们来说，并没有香臭之分，流浪狗会把气味分为能吃的和不能吃的。有家有主人的宠物狗们，会把气味分为喜欢的和不喜欢的。

老爹的烟味、酒味、火锅味、洗发水的味道，就像辛晓琪唱的歌一样，不管怎样我都喜欢，一旦消失就会怀念的。

老爹说："梅茜，你可不能感冒啊，不然连家都不认识了。"

我感冒过，因为待在家里才没有出事，但隔壁小区有只小奶狗，出生后鼻子就被坏人割去了。现在他被老婆婆收留，紧紧跟在老婆婆脚边一步都不敢远去。

据说他已经学会了用耳朵，侧着脑袋趴在地面上，根据脚步的震动来区别对象，他甚至学会了一点点人类的语言。婆婆一喊"臭臭啊"，他就会"嗷"一声，代表知道了。

我们经过婆婆身边的时候，会闻到一种特殊的气味，和清洁没有关系，只有老人即将逝去时，才会发出那种气味。那种淡淡的、带着眷恋和平静的味道，好像叶子枯萎的味道。

每当婆婆跟我们打招呼的时候，所有狗子都很难过，黑背会强忍眼泪，大笑着对婆婆说："婆婆棒棒的！"

婆婆微笑着说："你们狗子全部都棒棒的！"

等婆婆转身走掉，狗子们都哭了。

因为大家都知道，婆婆的身体恐怕撑不了多久了。

但是只有臭臭不知道，他没有嗅觉，他上蹿下跳，和婆婆玩耍。他和婆婆是一对开心的小伙伴。

我跟老爹说："过段时间要帮臭臭找新主人了，反正他对气味也没记忆，很快就可以跟新主人相处的。"

老爹点点头。

婆婆的葬礼过后，我跟老爹去接臭臭。臭臭走着走着，突然把脑袋侧着贴住地面。

老爹眼睛一酸，说："快走，去新家。"

臭臭像听到了什么，"嗷"一声，欢快地奔了回去，不见了。我和老爹找了很久，也没找到臭臭。

从那以后，臭臭再也没有出现。

老爹说，臭臭闻不见，就只能认定一个身影，不然他就分不清区别了。

冬天要到了，街边烤红薯炒栗子，店里煮火锅下馄饨，这些味道都会被冻住。我想我也可以和臭臭一样，分不清区别，就紧盯住一个身影吧。

小人儿

因为害怕被遗忘，所以干脆先消失好了。

在我小时候，长得还是个滚动的毛蛋，最喜欢玩的是五彩的小皮球。有一天老爹带着我和小皮球去花园玩，他把小皮球一扔，我清清楚楚地见到小皮球旋转着旋转着，停在挂着红果子的小灌木前面。

我就甩着耳朵奔过去，到跟前一瞅，它竟然不见了。在这短短的几秒钟，我的眼睛离开它不过是眨眼的间隙，可是小皮球就消失得无影无踪。

我以为它滚到了黑背埋骨头的土坑里，或者是边牧练习飞盘的大树下，我找啊找，找遍了整个花园，小皮球就那样不见了，然后再也没有出现过。

后来老爹给我买了新的五彩的小皮球，但第一个小皮球失踪的那个下午，一直留在我的脑海中，像一层迷雾。

老爹跟我说，其实他也经常遇到这种情况，放在手边的剪刀，再去拿却扑了空，永远待在抽屉里的遥控器，再打开只有一层薄灰。皮带皮筋指甲刀这些，还比较可爱，它们偷偷离开一段时间，又在另一个角落里出现了。

经过和其他狗子的探讨，我们严肃地发现，这个现象过于普遍，不能继续无视，这些小小的案件背后肯定有人在捣鬼。

我们用鼻子在雨后的土地上拱，在挂着冰凌的屋檐下猛嗅，爪子刨开可卡妈的杂志、泰迪爹的衣橱。当主人们回家的时候，经常会暴跳如雷，他们只看到被撕碎的报纸和海绵乱跳的沙发，他们不知道，其实我们狗子在努力地帮他们找出家里的坏蛋。

有一天可卡尖叫起来，我们冲过去，在厨房的胡椒罐下面，看到有个灰扑扑的小人儿，他戴着尖帽子，光着脚，手里紧紧抓住可卡妈的小项链，瞪圆了小眼睛。

我们把小人儿围了起来，欢呼着，终于逮到了小偷，我们立了大功。小人儿却一点都不害怕，他把项链捆在自己身上，得意扬扬像个王子。

我说："小偷，你为什么要偷东西？"

可卡愤怒地问："你们是不是一个团伙？快交代你们究竟有多少赃物！"

黑背龇着牙齿，准备从喉咙里喷出低吼，却不小心打了个嗝。

小人儿轻声细语，不紧不慢地说："我不是偷，是保管啊。这些东西本来在主人的脑海中，但是等到有一天脑海中没有它们立足的岛屿，它们就会求我们带它们走。"

我哈哈大笑："骗人，我那么爱小皮球，为什么你们还要偷走它？"

小人儿眨眨眼说："它怕你长大以后就会玩腻啦，因为被很用力地爱过，所以更怕被遗忘呀。你看你现在，虽然还记得它，但是你不记得第二、第三个小皮球了。

"因为害怕被遗忘，所以干脆先消失好了。小人儿的工作是很繁忙、很伟大的，所以你们这些愚蠢的狗子赶紧闪开！"

我们听得一愣一愣的，还觉得很羞愧，仿佛真打扰了人家似的。那天可卡妈果然念叨了一晚上小项链，而在漆黑的深夜里，我们总是听到小人儿们匆匆忙忙的脚步声。

嗒嗒嗒嗒嗒嗒，带走一份又一份害怕被遗忘的爱。

梅茜的东海之战

The Journey with You

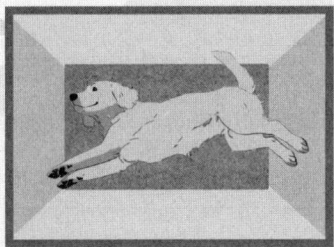

让我等，我就不离开。
从你的全世界路过，那么，让我留在你身边。

1

我是金毛狗子梅茜。

在城市里，人们经常会觉得地方真小啊。你看，几年不见的同学，突然在早点摊偶遇，说不定买的还是同一个小区的房子。人们也经常会觉得空间巨大，失去联系的人明明就隔了两条街，却再也没有碰到。

世界那么大，让我遇见你。时间那么长，从未再见你。

我们狗子呢，连一个家都会觉得漫无边际。老爹的衣橱很大，钻了几十遍还是猜不透里面的秘密。沙发很大，丢掉的骨头和小球怎么都扒拉不出来。电视很大，藏着一整片蓝天，还有草原冰山和数不清的人。

南京十三个城门，几百路公交，无数梧桐树，大得更加没边了。

老爹常常说，即使在自己最熟悉的地方，也肯定有从未见过的角落，所以在我们狗子眼里，全世界都埋藏着无数宝藏。

就拿我们小区来说，关于宝藏的传说已经在狗子中流传了好几代。最有威望的狗子于离开之际，都会对亲密的狗后辈透露一些秘密。

我的小姐妹可卡，曾经帮助一条眉毛全白的西施犬咬烂过牛板筋，于是继承了一个宝藏的秘密。西施犬去世前，慷慨地召唤了她。

据可卡说，那是个阳光明媚的午后，西施犬在全家老小的哭声中微微合着眼。

可卡如约来到窗边。

西施趁亲人们不注意，朝西边点了点头。

可卡想问仔细点，把爪子贴到窗沿，耳朵紧紧贴住玻璃。

可卡听见西施的妈妈在哭，西施的妈妈说："宝宝，如果你下辈子还是一条小狗，请一定要记住到我们家门口来。不管你到时候多丑，你只要叫一声，我都会认出你来。"

西施轻轻鸣了一声。

西施妈妈抱住狗子脑袋，眼泪落下来。西施努力伸出舌头，想舔一舔妈妈的手，没有成功，灵魂离开了这个小区。

这是年轻的可卡第一次面对死亡。她觉得一点都不可怕，西施的灵魂像个透明的泡泡，迎着阳光五颜六色的，往上飘去。

在可卡跟我们讲完这个故事后，所有狗子都陷入了沉思。

我第一个问她："牛板筋好不好吃？"

黑背问她："我怎么没有看到过泡泡？"

边牧在一边哭得稀里哗啦，说真羡慕西施，生得安稳，死得平静。

只有萨摩耶三兄弟抓住了重点，因为宝藏代代相传的故事每条狗都知道，于是他们偷偷往外面撤，然而被泰迪军团在门口堵住。他们的领袖泰迪大王斜着眼睛，准备逼问，发现萨摩耶三兄弟太高，斜眼变成了翻白眼。

于是泰迪大王就翻着白眼问："你们要去哪里？"

萨摩 A 说："东边。"

萨摩 B 说："南边。"

萨摩 C 说："北边。"

泰迪小弟非常了解萨摩耶三兄弟的思维，立刻激动地蹦起来："报告大王，他们要去西边挖宝藏。"

萨摩耶三兄弟大惊："你们怎么猜到的！"

黑背跳过来："就你们鸡贼，上次世界杯赌球你们押了毛里求斯队，结果没有这个队，还欠我三块骨头呢，马上过年了快点还给我。"

一群狗子玩命算账，场面比较混乱。

可卡叹口气，小声跟我说："梅茜，你是文化狗，知不知道西边是什么意思？"

我假装想了想，努力给她一个渊博的回答，说："西边有美国，唐和尚去西边取过经的，西边的人都在吭哧吭哧炸鸡。太阳往哪边掉下去，哪边就是西边。"

可卡说："西边这么大，找起来恐怕很花时间。"

我说："这样，这样我们分头回去准备一下。"

十来条狗子又扑过来，问："什么准备一下，准备一下什么？"

我大喊："一群没有秩序的狗！怎么不学学人家猫！"

后来想想，猫也没有秩序。

2

我到家的时候，老爹正在收拾行李。

记得很久以前，老爹出门只带一个塑料袋，里面只有几包烟和一支笔。

后来他有了背包，背包又换成箱子。箱子的银色外壳磨得灰扑扑，在擦痕上贴着层层标签。

老爹跟我说："箱子要足够硬，里面的东西才不会被伤害。"

我跟老爹说："我要做一次冒险，可能很远，可能很长时间，可能回不来了。"

老爹默默点了支烟，说："你哪儿来这么多钱？"

我哇哇大哭："那你为什么要走，你不也是个穷鬼吗？"

老爹坐在地板上摸我的毛。

他说："梅茜，我要出门工作几天，不会太远，肯定会回来，如果我回不来，也一定会把你接过去，所以不要哭了。"

我眼泪汪汪跟老爹说："那你能不能给我一点干粮，我也有自己的生活要经营的。"

老爹拿出真空包装的肉丸和干粮，对我谆谆叮嘱："虽然那个姐姐收了我的钱，会每天照顾你，但你自己玩得高兴一点。梅茜，你要享受自由，想去哪儿就去哪儿，只要不出这个小区。"

老爹摸摸我的脑袋站起来，说："梅茜再见。"

我低头说："老爹再见。"

我偷偷摸摸跟在后头，钻过带着露珠的草叶子，不让老爹发现。然后看见在清晨的风里，老爹在打车。

空车过去很多辆，他没有举手，过了好长时间，他终于抬起了手。

一个人打车的时候，要那么艰难才举起手，谁也不会知道他在想什么。

老爹抬起手，车子停在他身边。

老爹再见。

我蹲在路口，有点同情自己，忍不住想继续哭。

我还没哭出来呢，黑背哭天抢地滚了过来。

黑背说："梅茜哇，我老爸又找不到了哇。"

黑背老爸最近有点古怪，他自从到证券公司上班，就成天见不到人。有一次他跟黑背说，他接到一个叫作加班的艰巨任务，发生

268

什么都不要奇怪。

从此黑背就得上焦虑症，见不到他老爸的话，他就会想象他老爸趴在办公桌上一睡不醒的样子。

为了研究猝死的原因，他开始阅读保健专栏，很难想象一条狗对着报纸念念有词的样子吧？其实他不识字，念的都是"横横竖撇点竖"，碰到笔画捺就读成"反过来撇"。

这样持续半小时，他也感觉知识面没有得到扩展，于是改成看后半夜电视里的主任医师的广告。黑背后半夜盯着电视机看广告，一个专家卖完了药，就换台看另一个专家卖药。

我记得黑背曾经告诉我，王主任、刘老师相对靠谱，因为他们头发都掉光了，从外貌判断的话十分厉害。

黑背这次告诉我，他老爸晚上没回来，他可能要去他老爸办公室找他，反正好像是2路转3路再转好几十路。

黑背谨慎地想了下，又说他老爸公司楼下有个地标，专门卖生煎包，好几个加班的晚上他老爸都会买包子回来分他一个。

黑背说："梅茜，你不要怪我不分给你吃，我老爸很穷的，分给你的话，他就没有了。"

我还没来得及说可以分你自己那个啊，黑背又噼里啪啦掉眼泪，哭得直率勇敢："老爸怎么这么可怜的，辛苦加班只有包子吃……"

他抱头痛哭，浑然忘我。我一抬头，闻到了花卷上葱油的香味，黑背老爸摇摇晃晃地走过来，拎着一袋吃的在黑背面前晃荡。

黑背老爸说:"我加班太晚没有车了,到现在才回家,你饿不饿?"

黑背边吃边说:"老爸,我不饿,你先去睡一下。对了,我要去参加一次冒险。"

黑背老爸整个人走路都是飘着的,看起来困得不行,估计今天没有机会管黑背了。

我跟黑背跑到草坪上,昨天说好集合的队员只来了一半。

可卡皱皱眉头:"我妈说过,迟到是最无耻的习惯,迟到一次就再也不要见面了。"

我没好意思跟她说,你妈一直骗你呢。

可卡老妈自己倒是极其守时的,定好见面就会提前半个钟头在那儿怒等,雨天撑雨伞晴天撑阳伞,像一个坚定的香菇。

有一次她第二天要见朋友,约好早上十点钟碰头。偏偏当天她开会到老晚,小区还停电。因为害怕闹铃叫不起来,可卡妈特别着急,找根针扎大腿不让自己睡。第二天朋友见到可卡妈吓了一跳,她眼圈乌黑,大腿密密麻麻一片血点。

这个朋友自己迟到了四十五分钟,见面只有一句抱歉,说车不好停。

可卡妈笑眯眯说:"是呀是呀,最近新街口停车费都涨到二十块了,辛苦辛苦。"

可卡妈并没有不再见这个朋友,反而每天盯着手机,害怕错过他的邀约。

老爹在南京的某一晚，可卡妈跑过来找酒喝。

老爹听到这个消息无比积极，兴致勃勃地提问："你婚期什么时候？确切一点，否则万一到时我在南京，岂不是红包也逃不掉！"

可卡妈转转朋友送给她的小戒指，再转转杯中的白葡萄酒。

她说不知道，连底线都可以失去的时候，很多事情就不知道怎么办了。

你为了一个人什么都舍得，那就说明对这个人有多么不舍得。

可卡压根不知道这些，我也不会告诉她，怕她脑袋会爆炸。

3

可卡点兵点将，泰迪军团只来了泰迪大王和一个小弟，极度丢人现眼。边牧跌跌撞撞也在最后一秒赶到，他跟他老妈好说歹说，才抽空溜了出来。

萨摩 ABC 留下一根骨头，刻着留言：

俺们探路去。P.S.[1] 先到先得。

就在我们集合准备出发的时候，萨摩 ABC 屁滚尿流跑了回来。

萨摩 A："西边太危险了。"

萨摩 B："好绝望！好惊慌！"

---

[1] 又及。

萨摩 A 和萨摩 B 抱头痛哭，我们问萨摩 C："你们碰到什么了？"

萨摩 C 一回忆，毛都吓绿了："没看清。"

等他们吞完一个罐头冷静下来，我们才知道，往西的尽头是小区游泳池。

这个游泳池当初按照比赛标准建造，开放没两天，发现变成了公共澡堂子。物业一气之下没有换水，任由原来的水被蒸发，再由别的河水湖水填满。

前年游泳池生态突然繁荣，长出了水藻和荷叶，我等了一个夏天，荷花骨朵也没有冒出来。再往西的话，游泳池前方是迷魂林，方圆足足二十米。迷魂林前面就是小区边缘，我们谁也没有去过。

萨摩耶三兄弟就是在游泳池前停止了征程。

黑背大叫："游泳池有什么好怕的，我夏天一个猛子扎下去，池底全是鱼骨头。哈哈哈哈，有一个特别大的鱼骨头，跟梅茜差不多大。"

大家一下子把目光集中到他身上，萨摩 A 颤颤巍巍地说："黑背，你有没有想过，这么大的鱼，是谁吃掉的？"

一片沉默中，牛头㹴婆婆缓缓道："西边，沉龙之渊，下下卦象，十二水逆，血光大凶。"

等等，牛头㹴婆婆是什么时候过来的？

她抓了一大把狗粮，抛到空中，接着用爪子拨了拨，道："要破此局，医生武士参谋将军兵卒，还差一个。"

可卡小心地问:"哪个?"

牛头㹴婆婆的小眼睛精光暴涨:"差一位勇者!"

黑背大叫:"差一位勇者就可以结成联盟,为了德玛西亚!"

可卡甩了他一尾巴,又问:"那我们到哪里去找这位勇者呢?"

牛头㹴婆婆又抓起一把狗粮细细磨碎,一口吸到肚子里,然后呛住了:"喀喀,喀喀,我一天只能算三卦,刚刚全部用掉了。"

我算了算,不相信:"刚刚你只算了两个。"

牛头㹴婆婆:"喀喀喀,早上我算了下罐头是什么口味的。"

边牧问:"算成功了吗?"

牛头㹴婆婆骄傲地挺了挺胸膛:"牛肉罐头,算对了百分之五十。"

大家纷纷叹服:"居然算对了罐头两个字,真是小区第一预言家。"

其实我们都知道,牛头㹴婆婆之所以没有成立拜牛头㹴教,是因为小区里有个法力更厉害的人物,或者说动物。

4

提起河豚大仙的威名,小区狗子都会记得那个暴风骤雨的晚上。

那个晚上,整个小区的灯光忽明忽灭,银树杈一样的闪电从云层直接劈到地心。

主人和狗子相依相偎,看窗户玻璃被雨水洗刷得模糊一片。

就在雷声稍微停止,我们都开始打瞌睡的时候,从中心喷泉传出巨大的落水声。按照声响判断,可能是八楼夫妻丢下的钢琴或者书桌。

这里再岔开讲下八楼夫妻，不讲我的心有点痒痒。

八楼夫妻和小区路灯长椅一样，一进小区大门就让人觉得熟悉，产生终于回到家的感觉。

他们吵架一定要开窗，一个是美声歌唱家，一个是体院教练，风格迥然不同，但是威力同样巨大。当吵架僵持到一定地步的时候，他们就开始动手。歌唱家穿着裙子，擅长远距离投掷，常常打得教练近不了身。

我们猜，按照教练的体格，他应该能挺过老婆的暗器，直逼对方面门。但他就戳在攻击中心，实在被打疼了才反击。

教练的反击方式是搬起身边最沉重的东西，往窗外一扔。电视机、电脑、音响，都曾七零八落地跌碎在地上、喷泉边。因此每次吵架，这家就跟被洗劫过一样。

老爹感慨，夫妻啊，过得好，是互相搀扶对方的人生，过得不好，就是互相打劫对方的人生。

邻居们都习惯了他们这样的争吵，也懒得管。两位也还算有素质，到深夜就偃旗息鼓。

早晨，歌唱家就会下楼收拾。有时候她一边捡一边笑，说这日子过不下去。有时候她一边捡一边哭，说这日子真的过不下去了。

原本要相依，伤害那么相似，相处就容不下我和你。

当喷泉水花声响起的时候，我问老爹："他们又吵架了吗？"

老爹恍然说："对啊，都好久没听见他们吵架了，下雨这么刺激，我们出去看看热闹。"

我跟老爹到喷泉边，看到水面被大雨打得像沸腾一样，闪电又照下来，喷泉中多了一个黑影。

这个黑影肥嘟嘟，圆溜溜，绕着喷泉不停转圈。

我问老爹，八楼的叔叔阿姨是不是把家败光了，这回扔了一只大皮球。

大皮球气得飞了起来，一张口喷了一道水剑，直接把我耳朵打歪了。

老爹仔细瞅了下，大惊失色："梅茜，这是一条河豚啊。"

我也大惊失色："河豚是什么？"

老爹蹲下来流口水："河豚很厉害的，红烧或者清蒸，加上秧草放在上面，汤汁浓厚鲜美，鱼肉细腻鲜香，把那个肥肥的肚子从反面卷一卷，直接吞下去还能养胃哟。"

喷泉开始咕咕咕冒水泡，皮球好像因为生气变得更大了。

老爹搓搓手，兴奋地说："梅茜，你把爪子伸下去，钓它上来，我们有夜宵吃了。"

我刚把爪子伸下去，皮球就咬了我一口，疼得我缩脚不及，眼泪汪汪。

这是我跟河豚大仙的第一次见面，我们有一脚之仇，关系从开始就很恶劣。

第二次见面，喷泉边围了一群狗子，听得狗眼发直。

河豚大仙那时候还不叫大仙，他正悠闲地把肚子翻起来，嘴里还叼着我爹前晚丢的烟屁股，牛极了。

黑背好像最积极，举着爪子发问："你从哪里来的？"

河豚用奇怪的音调拖长说："最东边的大海，知道吗？那是世界上最大的海，一百辈子子孙孙接力，都游不到尽头。而进入晚上，整个大海都是发光的水母，你从高空看，额[1]住的地方就像是地球的眼睛。"

可卡很向往："大海的生活怎么样？"

河豚更得意了："还行吧，每天忙着跟邻居打招呼，北极熊啦，企鹅啦，孟加拉虎啦，擎天柱啦，讨论讨论今天的极光什么的。经常招呼打到一半，一天就过去了。"

狗群顿时骚动了，这些名字平时只有电视里才能看到，看河豚的神气，他们就跟蚂蚁一样不值一提。

可卡瞬间变成粉丝："那你是什么？"

---

[1] 我。

我抢着回答:"他是河豚。"

可卡说:"河豚不是河里的吗?"

我说:"是呀。红烧或者清蒸,加上秧草放在上面,汤汁浓厚鲜美,鱼肉细腻鲜香,把那个肥肥的肚子从反面卷一卷,直接吞下去还能养胃哟。"

河豚一看是我,气得从足球变成篮球大:"额叫海豚!额来自最东边的大海,你信不信额用超声波震死你。"

黑背支持我:"你肯定不是海豚,你太小了,我从电视里看过表演,训练员能站在海豚头上,乘风破浪!"

河豚气得快爆炸了:"额现在变小了,咋的咧!适者生存听说过没有?尔冬升进化论听说过没有?要不是你们池子太小,额至于这样吗!你们这群狗,文盲!估计你们连油泼面都没吃过!"

黑背小声问:"尔冬升进化论是什么?"

我小声回答:"达尔文进化论吧?他可能港片看多了。"

为了让我们相信,河豚努力喝水,肚子胀得快透明了。

河豚气喘吁吁继续说:"额以前,有你们整个小区大,额拍拍尾巴,你们楼房都要塌。咋的咧,不信额?"

河豚做出要拍尾巴的样子,狗子们纷纷后退一步。

我听他口音越来越奇怪,又问:"那,你们那个地方吃羊肉泡馍吗?"

河豚看到我服软,很高兴:"白白的馍,好吃咧。"

狗子们一哄而散，从此认为河豚是个吹牛大王，喊他陕西胖鱼。

那天河豚大仙在狗子的背后扑腾，拼命喊："额是哺乳动物，额是海豚。"

就这样我跟河豚大仙二次结仇，他看我经过就发射水剑，嗖嗖嗖，打得我有点烦恼。

5

河豚大仙拉回粉丝的心，是在几个月后的跨区斗殴上。

这几个月，河豚大仙每天晒太阳，吹牛皮。

他跟可卡说，他原本也是个潇洒的海豚，和漂亮老婆住在熔岩洞里头，后来刮了龙卷风，他就跟老婆劳燕分飞到了这里，每到深夜就很寂寞。

他给可卡唱海豚音的情歌："你是额的蝴蝶自在飞，额是你的玫瑰吃烟灰。"

唱完他看着可卡说："额婆娘对额感情很深的，额离开她一定伤心死了。现在额是单身，额自由了。额不要婆娘感觉真好。"

可卡骂他有毛病，气呼呼地走了。

他又盯上黑背，跟黑背说："你过来，我传授你一套剑法。"

黑背出于对知识的渴望，刚靠近水边，就被河豚一溜水剑打得鼻子进水，差点得肺炎。

反正河豚每天一个故事，他也不再坚持自己是海豚了，说自己是龙王三太子。

萨摩 ABC 看他啰啰唆唆有点可怜，经常带麻将去找他凑局。

河豚不认识牌，打得比较乱，经常输得身上的刺都被拔光，有段时间沉在水下面哭。真惨淡。

跨区斗殴这个事情，算是不定时的传统，发生时间通常不稳定。

那次黑背本来打算去隔壁小区偷点补给，到围墙那儿一看，隔壁小区的阿拉斯加老大正蹲在草坪上。

阿拉斯加说："你瞅啥？"

黑背说："没瞅啥。"

河豚不知道规矩，接话说："瞅你咋的。"

阿拉斯加嘴巴一磨，吐了黑背带草渣的口水，这仗就打上了。

阿拉斯加据说拉过雪橇，身边还散落罗威纳和圣伯纳。圣伯纳你们可能不知道，平时看起来像瞎了眼的胖子，一旦投入战争，就压谁谁垮。

我冲过去营救黑背的时候，黑背已经被压到地里。

黑背从土里闷闷喊："梅茜，不要过来了，这儿就是我的葬身之地。"

话刚喊完，萨摩 ABC 就飞起从正反侧三面踢了阿拉斯加一脚，大喊："擒贼先擒王。"

这就是我们小区的战术，论实力我们打不过你，但是论毅力我们都选择死磕到底。

那次斗殴有点惨烈，我们围着阿拉斯加，隔壁小区其他战力围着我们，形成三层圈圈。属于我们的那一圈逐渐被挤扁，可卡已经坚持不住，哭了起来。

边牧红了眼喊："不要哭，就算死也不能哭！"

他的眼泪滚到我嘴巴上，太不卫生了。

其实大家都知道，我们失败到这地步，互相给个台阶，阿拉斯加他们差不多够了，估计也就拍拍屁股爬墙回去了。

结果这时候一个跟脸盆一样大的水球出现在我们上空，水球变得越来越大，罩住整个战场。

河豚中气十足地喝了一声："咋——的——咧——"

随着喝声，水球瞬间爆破，分成水滴精准攻击到德牧、罗威纳、圣伯纳、柯基、小鹿犬身上，跟平时打我们的水剑完全不一样，这水滴就像橡皮弹，打得隔壁小区的狗子哀声一片，夹着尾巴飞奔回家找妈妈。

我们小区的狗子都目瞪口呆，还保持着互相挤压的姿势看河豚。

这招太霸道了，如果说以前河豚那几招勉强算是物理攻击，这个水球真正上升到了超自然层面。

河豚浮在水面上，表情庄严，恍如大仙。

6

河豚一战成名，大家尊称他河豚大仙，他也懒得再坚持什么，能赢得今天的地位已经很满足。

我们看牛头狸婆婆还在努力嚼口粮，商量了下，大概算不出什么玩意儿了。大家觉得不能再拖下去，干脆找河豚大仙帮忙。

虽然都是神棍，但河豚大仙的路线和牛头狸婆婆还是不太一样的，打个比方，牛头狸婆婆就是文科女，河豚大仙算是工科男。

河豚大仙曾经评价过牛头狸婆婆的预言："知道会发生，没法去改变，预言个锤子。"

牛头狸婆婆立刻起卦，算好冷冷一笑，道："不是不报，时候未到。"

这让河豚大仙很是惴惴了一阵，也没发现有什么后果。

我们来到喷泉旁边，河豚大仙沉在水底，好像昨天又输了。

可卡喊："大仙大仙。"

大仙浮起来："你想通了，要陪我到天荒地老吗？"

黑背说："大仙，你能不能帮我们找个勇士？"

萨摩 ABC 说："你找到的话，今天让你赢。"

河豚大仙脸涨得通红："什么意思，额难道不能自己赢，额难道还要你们让？"

狗子们齐齐点头。河豚大仙整个可以养胃的皮都快输没了。

河豚大仙说："你们等额一下子。"

他沉下去开始作法，池中卷起一个漩涡，漩涡中冒出一个小水球。

黑背即兴作诗："神奇水球，能大能小。变幻万千，有个屁用。"

小水球浮起来往小区门口移动，我们紧紧跟着跑去。

水球飞过草坪和花园，撞了几次路人，闪烁着往前飞。

它飞着飞着，飞出门外停了下来，然后轻轻坠落。

坠落到一条狗的眉间。

我们刹住脚步，看着那条狗。

就算隔着三米多远，还是能闻到这条狗子身上馊菜的味道，为了配合气味，他身上也盖着烂菜叶和塑料袋。

除了体形猥琐、皮毛暗淡，最致命的是，这条狗子嘴角不停往下淌着口水，年纪比牛头㹴婆婆还大。

我和黑背以前想象过，如果老了会是什么样子，或许肥胖，或许虚弱，或许依旧爱玩，或许已经生了富贵病。

但如果你们去问全小区狗子，老了最不想变成什么样子。

大家都会回答你，最不想的，就是变成垃圾这个样子。

面前这条老狗的名字，叫垃圾。

垃圾是小区固定的流浪狗，比阿独的历史更悠久。垃圾和其他流浪狗不同的是，他拒绝接受流离失所的命运，固定住在小区门口。

垃圾恶名在外，小偷小摸不算，还传播过疾病。

就前几年，因为垃圾长期翻垃圾桶，翻完又不洗澡，毛都粘成硬邦邦的一层，得了皮肤病。得病之后垃圾更加有恃无恐，仗着人不敢靠近，到处乱窜。

可卡有次不小心踏到垃圾睡过的草窝，第二天也开始脱毛。

这样一传十，我们所有狗子有段时间都成了瘌痢头，被隔壁小区狗子嘲笑了好多天。

保安接到投诉后，无奈地跟主人们解释说，要是赶走垃圾，恐怕老太太会不乐意。

当时小区前排一单元有个老太太，每天只要不下雨，就坐在门口等儿子回来。老太太神志有点不清楚了，一会儿说儿子在国外，一会儿说儿子在保密机关工作出不来。

邻居们大概知道她儿子在坐牢，只是老太太得了老年痴呆，总是忘记。

老太太清醒的时候，就自己颤颤巍巍去买米，交水电费，她回来会顺便带点碎骨头，拌着米饭给垃圾吃。

可是老太太慢慢连自己吃饭都忘记，垃圾还是得去翻垃圾桶。

但只要不下雨，垃圾就会陪在老太太脚边，老太太记起来就问他："你饿不饿？"

垃圾就摇摇尾巴，把身子挪开一点。

他知道自己脏，怕老太太一摸，搞得老太太也生病。

老爹说这样也不是办法，就和可卡妈几个人一起出资出力准备给垃圾治病。垃圾见他们来抓，以为要赶他走，急得直叫。他牙齿露出来，黄不溜秋。

这件事就不了了之。

老太太每天都会坐在一块空地上，从早上等到日落。

如果把时间全部放进等待，那么整个世界都是寂寞的。

老太太衣服整洁，白头发梳得很服帖，日复一日。她哪怕忘记吃饭，依旧会干干净净的，她大概唯一记住的就是，儿子回来的时候，不要让他发现妈妈吃过苦。

后来老太太经常睡着。风吹起她的白头发，像古老的情歌穿过一个年代，落在她额头。

老太太前不久已经去世了，保安还是没赶垃圾走。

保安解释说，垃圾年纪也大了，恐怕没几天，没必要了吧。

有机会我一定要跟你们介绍一下我们小区的保安，他有张黑黑的小圆脸，老家在河南，是个好人。

水珠停在垃圾眉间，垃圾动都没动。他太老了，时光大多都是用来打瞌睡。

可能是闻到我们来了，他下意识地往外又挪了一挪，我们几个也都是被主人呵斥过的，也往后退了一退。

我们之间的距离从三米变成四米。

可卡跟我嘀咕："怎么是他呀，河豚大仙是不是搞错了。"

我心中还回想着牛头狸婆婆那段预言："这位勇士，能抵抗一切恐惧，就像黑夜里的一把火炬，有了他你们就会产生无穷的信心。"

可是我们看到垃圾就恐惧，他不分好歹，经常龇牙咧嘴。

我们毫无信心，他四腿颤抖，口水滴到地面。

如果我们的队伍带上他，想想就很没意思。

萨摩ABC掉头就走："扯呼扯呼，三缺一谁来？"

边牧跟着向后转："带我带我。"

我清清嗓子："垃圾，你愿意跟我们一起去冒险吗？"

不管他是不是勇士，我也突然想跟他说说话。

可卡也跟着问："你愿意吗？"

垃圾抬起头："你们是在跟我说话吗？"

我们小心翼翼带上垃圾回到喷泉，前后保持安全的距离。

河豚大仙浮在水面，小眼睛瞥着垃圾。

可卡大声说："大仙，请你再确认一次，他就是我们需要的勇士？"

河豚大仙搞出很多水珠，一会儿呈一条直线，一会儿呈五角星状，但是每一颗水珠都准确无误地打到了垃圾身上。

垃圾的毛油成一块，水珠打过去跟在荷叶上一样滚来滚去。

河豚大仙说："验算了这么多遍，放心了吧。"

说完他沉了下去，我们的心也沉了下去，看来必须拜托垃圾。

黑背扑通一声跪下去："垃圾老爷，我家主人日夜操劳，指望宝藏翻身，你大恩大德帮我们一把。"

说完他咚咚咚磕三个响头。

边牧也跪下去："垃圾爷爷，我老妈四体不勤五谷不分，我必须挣钱养她，可怜我一片孝心吧。"

泰迪大王和小弟互看一眼，小弟跪下连磕二十八个响头。

泰迪小弟："我替我同胞几个哥哥一起求你了。"

萨摩ABC也互看一眼，跑过去想把垃圾抬起来。

萨摩A："别理他们这帮势利眼，我们先帮你按摩。"

还没跑到垃圾身边，萨摩ABC就遭受毒气攻击，翻滚几圈吐了白沫。

垃圾没有说话，他年纪大了，反应也迟缓。

我和可卡面面相觑，感觉不妙。

莫非他还记得上次那件事？

7

垃圾因为缺乏家教，经常干出匪夷所思的事情。

上个月可卡妈带我和可卡做完美容，经过门口时看到垃圾和往常一样蹲着。

可卡妈心情好，主动打了个招呼："老垃圾，你饿不饿？"

垃圾直勾勾看着可卡妈，突然就冲了过来。

我和可卡立刻挡到前面，结果垃圾不依不饶，直接从我们身上碾压过去。

我跟可卡还没来得及心疼新造型，发现垃圾扑在可卡妈身上，可卡妈已经倒地。

垃圾凝视着可卡妈，似乎在分辨什么，口水掉在她脸上。

就像开始时一样，垃圾又迅速退了回去，蹲在小区门口。

号啕大哭的可卡妈受不了，回家洗了三个小时澡，我和可卡也没能幸免，又大洗了一通。

黑背听说后，偷偷跑去找河豚大仙。

黑背说："大仙大仙，有没有什么办法让垃圾自己走，他老这样蹲在门口影响不好。"

河豚大仙瞥了瞥他："我有没有跟你说过，我有个祖先是响尾蛇？"

黑背研了会儿，说："大仙，你的身世来头真的很大。"

大仙满意地点点头，丢出一粒黑色的小水珠："这是我祖传的毒液，什么丧心病狂的狗子，只要一舔，你叫他翻跟头他不敢打滚。"

黑背十分欣喜，伸出舌头就要验货，幸好我及时赶到，把毒液截了下来。

黑背跟我来到门口，远远看到垃圾还在蹲着。

这条老狗子也奇怪，老太太去世之后，一下雨他就发疯，不下雨他就一动不动。

黑背把毒液小心地拌进罐头，我看到垃圾睁着混浊的老眼睛，盯着一块空地。

这块空地我记得，树正好挡住阳光，之前总是摆着老太太的板凳。

老太太身材矮小，只能坐很矮的板凳，身上落满影子。

垃圾是在看那里吧，虽然没有板凳，没有老太太，可是在他眼里，一切都还在，只是我们看不见。

黑背说："梅茜梅茜，你看起来比较好相处，你去投毒。"

我摇摇头："黑背，他没咬人，也没欺负我们，那为什么要赶走他？"

黑背愣一愣："杀人这种事情，看他不顺眼不行吗？"

"当然不行的，我老爹跟我说过，什么事情都要合法合理。黑背，你平时憨厚，怎么犯起罪来眼睛都不眨。"

黑背被我训得一张狗脸黑中透红，赌气地把罐头一扔，转头就跑。

罐头丢到垃圾脚下，我来不及阻止，他就吃了起来。老爹从小教育我，不要吃来历不明的食物。但是垃圾没有家教，他一向什么都吃的啊。

我喊："别吃别吃。"

他吃了一口停住了，河豚大仙的毒液真管用，见效居然比见鬼还快。

正好下班时间，邻居们都拥进门口。大叔踢他一脚，喊："走开走开。"

垃圾呆呆地走开。

垃圾撞到路人，路人又骂："去死吧，臭狗。"

垃圾呆呆地往马路车流中走。

我大喊："垃圾，你回来，你快回来，那边很危险。"

可是太远，他听不见。

我急得眼泪都要出来，往小区门口跑，大叫："垃圾，你快回来。"

汽车刹车声、喇叭声、人们的惊呼声此起彼伏。

垃圾呆呆坐在路中间，车子都绕着他走。

他似乎听到我的呼喊，扭头往这边看。

我知道他虽然看向我，但是看不见我，因为他一定是看着那块空地。

他只吃了一口，很快清醒过来，看到周边的轮胎和投来的水瓶，吓得魂不附体，直接尿了。

小保安冲过去，把他拖了回来。

这件事之后，我对垃圾生出愧疚的心情，回家跟可卡分享了一下。

可卡是这么评价的："我们年纪再大，也不能被吓尿。"

8

难道垃圾还在记恨那件事，所以不答应吗？

想了很久，垃圾说："我不关心你们的宝藏，如果要我帮忙，要答应我一个要求。"

黑背跳起来，说："真是老奸巨猾，活活把老子气成猫。"

我按住黑背，说："听听他要什么。"

大家看着垃圾。

垃圾说："我想能再见奶奶一面，五秒钟就好。"

狗子们一片哗然。

我告诉垃圾："老太太已经去世了，就算你跟到天堂，恐怕也难碰得上。"

垃圾低声说："见不到她我就不走，我哪儿也不去。"

他边说边往门口挪。

泰迪大王一眯眼："老东西还耍大牌，绑了去！"

泰迪军团不知垃圾厉害，大王一声令下，小狗们扑腾而出，然后纷纷被熏倒在地上。

垃圾蹲在原来的地方，目光重新放到了那块空地上。

等到了天黑，垃圾没有动静，狗子们东倒西歪，各自回家。而我碰到河豚大仙在月亮底下游泳，波光粼粼，把河豚大仙的肚子照得发亮。

我很想跟他说说话。

"大仙，我老爹跟我说过，最痛苦的事情不是生离，而是死别。失去了爱，失去了钱，只要生命还在，那么每一天都有重逢的可能。"

大仙在水里打了个水花，没有搭理我。

"大仙，不知道你有没有注意到，八楼经常会丢东西下来，哦，不对，你来之后就没有了。

"大仙，那家男主人好像和女主人离婚了。我曾经看到女主人，就是那个歌唱家，她蹲在喷泉前面哭，她说生活就像他们丢下来的碎片，七零八碎，每次拼凑好，一松手就又散了。

"大仙，老爹跟歌唱家说这算什么，不要哭，缘分走远了不怕，你要告诉自己，我可以爱上别人的。"

这世界有离别，有相聚。离别时刻都会发生，可和你相聚的人，就如同去年盛开的鲜花，今年已经不是那一朵了。

"大仙啊，老爹的爷爷走了，黑背的兄弟们也走了，就像西施犬一样，永远无法相聚了。"

没有办法。有个词语，叫作永别。

永别的意思，就是我们之间，只有想念。

垃圾年纪这么大，这点道理还想不明白吗？

我想大仙应该还是讨厌我，喷泉半天没有动静。

我抽了抽鼻子，今晚家里没人等我。

"大仙，有时候我觉得，最快乐的时候可能是做梦的时候。做梦的话，想见的人很快就能出现在身边，我爹会陪着我躺在客厅，脚丫子放我身上。垃圾也可以见到老太太，吃一顿骨头渣拌白饭。呸呸呸，我爹又没死，我爹就是不在我身边。"

"狗子，别哭了。"

"我没哭，我只是在想念，想念的一种方式就是随便掉掉眼泪。咦，河豚大仙，是你在说话吗？"

河豚大仙浮出水面，泪光闪闪。

"虽然你这条金毛狗子很讨厌，但你讲的话还有点道理。我现在每天游来游去，只有做梦才能回到大海。我那婆娘胖胖的，在我梦里也特别好看。"

"大仙，你又开始吹牛了。"

大仙严肃了一点："我跟你讲正经的，垃圾的愿望也是可以实现的。"

我吓得狗毛竖起来："大仙，你还会起死回生啦？"

大仙瞥了瞥我："如果硬来的话，也并非不可以。"

我的脑子转得飞快："那你这么厉害，为什么不回家？"

显然我说错话了。

我总是在不合时宜的时候说错话，在老爹累的时候让他跟我玩，在边牧哭的时候开他玩笑，在黑背为我报仇的时候嘲笑他。

我恨我这么聪明的脑子。

大仙沉下去一会儿，选择原谅我："以前额还很大的时候，功力高深一点，现在能做到多少额自己也不知道。"

大仙的声音听起来，真的有点寂寞的意思："不过，让垃圾见老太太一面，就五秒钟的话，应该还可以。"

我说："拉钩上吊，一百年不许变。"

刚说完，狗子们一下子都跳出来。

我问黑背："你为什么要偷听？"

可卡说："梅茜，我们知道你爹今天又出差了，不要难过，我妈说你可以跟我睡。"

黑背委屈地说："我们回家以后，想想只有你一个狗子不放心，准备给你送点夜宵过来。"

泰迪大王说："关我什么事啊，我睡不着出来玩玩的。"

萨摩ABC跳来跳去："快去喊老垃圾，快点搞定快点出发，晚了宝藏就会被隔壁狗挖走！"

我们在门口的草窝里找到老垃圾，他身上盖着草和树枝，人类根本分辨不出来。

有段时间我们小区的流浪狗子都神秘消失了，有人趁夜从外面溜进来拿个网子，看到狗就捞，估计老垃圾这个习惯就是那时候留下的。

可卡拿根树枝捅捅他："老垃圾，老垃圾，你醒醒。"

老垃圾一下子跳起来："奶奶是你吗？"

一下子看到是可卡，他眼里全是失望，又趴了下来。

我说："老垃圾，我们有办法让你见到老太太。"

老垃圾眼泪又滚下来："不要骗我，我已经是条老狗了。"

我说："拉钩上吊，一百年不许变。"

黑背问我："梅茜，你为什么又哭啦？"

因为累。一晚上签了两个合同，我感觉好累。

从门口到喷泉，不过是狂奔一分钟的距离，但是老垃圾一步三喘，活活把速度拖慢。

我把河豚大仙喊醒："大仙大仙，快讲你的办法。"

河豚大仙不耐烦地抠了抠自己的肚子："你们年轻人，怎么那么心急，办法都是需要代价的懂不懂。"

可卡问我："梅茜，什么是代价啊？"

我想了想诉她："还记得年少时的梦吗？像朵永不凋零的花，陪我经过那风吹雨打，看世事无常，看沧桑变化。"

萨摩 ABC 一起唱起来："也曾伤心流泪，也曾黯然心碎，这是爱的代价。"

黑背听得愣愣的，说："梅茜啊，代价要一边流泪一边心碎吗？"

9

河豚大仙严肃地打量了下老垃圾，连连摇头："不行不行，他承受不住。"

老垃圾用力咳嗽："我行的，我行的。"

为了见到老太太，老垃圾刚刚把窝里最值钱的牛膝骨都带了过来，他偷偷跟我说："小姑娘，这年头求人办事，都要准备礼物的。"

老垃圾把牛膝骨舔了一遍，隆重地捧到了河豚大仙面前。

河豚大仙肚皮都要笑破了："老狗子，这代价不是一袋狗粮，不是一根骨头，是整整五年的生命啊。"

大家面面相觑，一时不能理解。

河豚大仙重复了一遍:"想见死去的人五秒,就要付出五年的生命做代价,你们明白了吗?"

萨摩 A 飞快进行计算:"一分钟六十秒,一小时六十分钟,一年三百六十五天……"

萨摩 B 飞快发表议论:"五年换五秒,感觉很不划算。"

萨摩 C 飞快得出结论:"这赔率是一比三千万。"

萨摩耶三兄弟齐声说:"亏得有点大。"

我们都很沉重,不想做这笔生意,但是转头看老垃圾,发现老垃圾居然十分欣喜。

老垃圾说:"我愿意的,我愿意的。"

为了证明他真的愿意,老垃圾欢呼起来,撒腿沿着喷泉连跑五圈。

按他的身体条件,我怀疑他跑完五圈,可能直接就死了。

当一只狗听说要放弃五年生命的时候,怎么会开心成这样?难道老垃圾不懂得尊重生命吗?

他忍饥挨饿,让人拳打脚踢,也战战兢兢活到现在,明明很怕死啊。

我想起牛头狰婆婆的话:"这位勇者,能抵抗一切恐惧。"

我们看着老垃圾跑得气喘吁吁,心里有点酸酸的。

河豚大仙也有点意外,他瞅了瞅天上的月亮,点点头:"那就开始吧。"

黑背颤声说："老太太就要出现了吗？太恐怖了！"

夜风往这边一吹，可卡大叫，所有狗子挤成一团发抖，只有老垃圾往前凑。

我们屏住呼吸看河豚大仙，以前河豚大仙变出过水剑，变出过水球，现在要大变活人，简直比春晚看魔术还刺激。

河豚大仙等到风吹散最后一丝乌云，用力飞跃，我们仰头，看到他胖鼓鼓的身子缓慢地飞过深蓝色夜空，飞到巨大的月亮中间。

那一瞬间好像有点慢，等我们反应过来，发现河豚大仙居然在空中停住了。

他就停在月亮中间，把圆月亮变成了银白色的甜甜圈。

黑背羡慕得眼珠子都绿了："梯云纵，梅茜，这是江湖中失传的顶级轻功梯云纵啊。"

河豚大仙急速变大，猛地遮盖住我们的视野。

月光倾泻在大仙身上，像壮阔的波浪顺着他全身滚动。

他变成一只大河豚，吓死狗那么大。

所有狗子目瞪口呆，集体吓尿。

大仙因为身体肥胖，所以没法往下看，不然一定会收集到我们狂热的神情。

面对大仙超越自然的力量，我们狗子还有什么资格在深夜狂吠？他停在月亮中间那一瞬，我们小区的狗子集体变成死忠粉丝，脑残到底，绝不转黑。

我们的新偶像带着不可一世的孤傲，对老垃圾说："把你的腿给我。"

老垃圾配合地抬起一条后腿，偶像不满意地说："讲究一点，伸前爪。"

河豚大仙变得那么大，肚皮上的小翅膀却还是原样，抓来抓去半天没抓中老垃圾！

我们怕被他弄死，所以不敢笑场。

老垃圾的前爪终于和河豚大仙接触，奇迹就要发生！

一记耀眼的闪光，河豚大仙像巨大的气球被捅破，嗖地弹出去，满小区乱飞，越飞越小，最后落在地上。

我们狐疑地看着小河豚在水泥地上蹦跶，都不敢靠近，以为这也是法术的一种。

我看河豚大仙正在嘶哑地喊着什么，凑过去一听。

"快把我放回去，老子缺水，要干死咧。"

10

回到喷泉，河豚大仙惊魂未定，瞪着老垃圾大喊："你究竟多大了？"

老垃圾困惑地回答："九岁。"

河豚大仙也困惑地游："九岁你就长得这么老。"

我跟他解释："大仙，我们狗子寿命不长的，尤其对流浪狗子来说，九岁相当于晚年的晚年。"

河豚大仙恍然大悟，破口大骂："不早说，害得我差点搭进去。我作了这么大一个法，啊？豁出去功力帮你们，啊？你们干啥咧，咋不告诉额他就快死咧？"

我猛地回过头，望着老垃圾，心里回荡着大仙的话："咋不告诉额他就快死咧？"

老垃圾以为自己犯了什么错，赶紧摇摇尾巴讨好说："大仙大仙咧，我是活不久咧，没关系咧，你把我生命全部拿去咧，只要能见到老太太咧，我死了也很高兴咧。"

河豚大仙气得要哭："咧什么咧，这关头还学额说话。你懂不懂啊，没有五年的生命就不要乱答应，会出大事的。现在咋办咧？"

咋办咋办，所有狗子急得团团转。

牛头狓婆婆站起来，大家注视着她，她沉默半天，才开口说："不够的话，我来凑一凑。"

河豚大仙惊奇又八卦："你们是什么关系？"

牛头狻婆婆老脸微红，故意不看我们："初恋情人关系，有问题吗？"

大家长长哦了一声，赶紧摇头："没问题的没问题的。"

牛头狻婆婆更加不好意思，头扭到一边："那我的生命送给老垃圾一点，有问题吗？"

没问题的没问题的，把生命送给初恋情人，从哪个道理上来讲，都是讲得通的。

生命就是时间。若你念念不忘，便把生命给了对方。

看到牛头狻婆婆脸红得要滴血，河豚大仙也不敢开玩笑："理论上你这个主意可行，就是不知道你们两个凑起来够不够啊。两条老狗，死起来非常快。算了，风险太大，我不玩咧。"

牛头狻婆婆勃然大怒，伸爪掏出一把狗粮："我不管你来自东海，还是来自陕西，今天就让你见识一下我们小区的厉害。"

狗粮满天飞撒，一半落到老垃圾面前，老垃圾看了看，忍不住吃掉了。

我问牛头狻婆婆："婆婆，你看这是个什么卦象？"

婆婆愣了愣，看着狼吞虎咽的老垃圾。

老垃圾完全没有身为男主角的自觉，大概是感觉到婆婆在注视他，还转身护住了食，边吃边发出威胁的吼声。

可卡皱皱眉，悄悄跟我说："太没风度了。梅茜，我看电视上，豪门大小姐看上乞丐，都是因为乞丐帅，你说牛头狻婆婆看上他什么？"

我想了想回答她："可能是看上他吃饭很快吧。"

老垃圾吃个半饱，眼巴巴盯着牛头猽婆婆："你还有没有？"

婆婆问大仙："他生命还剩多少？"

大仙抬头看月亮，说："三天。"

婆婆哭了。

老垃圾叹口气："没关系的，你不要哭。"

婆婆哭得更大声："我只好拼拼看，看我自己还有多少天。这回算卦你不要吃了，再吃就真没了。"

婆婆又抛出一把狗粮，所有狗子屏住呼吸，因为婆婆要算自己的大限了！

因为太过紧张，狗粮一半撒到了水里。

我也很紧张："婆婆婆婆，这是不是意味着你可能会淹死？"

牛头猽婆婆睁眼仔细看卦，看着看着眼珠往上一翻，吓昏过去。

老垃圾扑到婆婆身边，喊："小牛，小牛，你不要这样牺牲啊。你等一下，我马上送你回家。你挺住，我再吃两口！"

老垃圾吃力地把牛头猽婆婆往她家拖，一步一个跟头。这场面太过悲情，萨摩ABC也忍不住抱头痛哭。

河豚大仙烦得直吐泡泡："好咧好咧，看两个老骨头拼命，不好玩咧，搞不定，睡觉咧。"

黑背眼眶红红的，猛地伸出爪子："他们不够，我来凑。"

我也伸出爪子："我来凑。"

可卡也伸出爪子："我来凑。"

边牧也伸出爪子："我来凑。"

萨摩 ABC 左爪擦眼泪，右爪伸成一排："我们来凑。"

泰迪大王最霸气："不就是一点生命吗？我们兄弟随便凑凑，多少都有。"

在场十条狗子的爪子齐齐伸出，伸向河豚大仙。

我有点恍惚，就算是打群架，我们小区的狗子也没如此团结过。

河豚大仙点点头："年轻人冲动是好的，但得想清楚。付出的生命再也不会回来，多凑一天，你们陪在主人身边的日子就会少一天。你们都要好好想清楚，决定了就一条道走下去，半路反悔我们都会倒霉的。"

11

我闭上眼睛，好好想清楚。

如果能选择付出哪些时间就好了。

我应该会选择下午。那些等待的每一个下午，太阳投在餐桌上的影子慢慢移动，落到我的尾巴上。

等待的下午那么漫长，应该比较好凑吧。

如果还不够，我选择老爹离开的清晨，行李箱拖动的声音咕噜咕噜。

从他关门到上车，那段时间我也不喜欢。我的心会变得湿湿的，很奇怪，和黄梅天一样舒展不开。

还不够的话，我把所有老爹不在身旁的时间，都送给你。

全部送给你，每分每秒都送出去，分离的时间那么长，五年肯定够了。

我需要留下的，只有老爹到家躺在沙发上的夜晚，我俩脚步左右相伴那段时光。不对不对，还要留下太多小碎片，他给我煮肉丸子，他带我洗澡，他带我玩水，还有一起坐车去很远的地方，风吹到眼睛睁不开。

多么快乐。

只可惜我无法选择。

我送出去的生命中，也许包括老爹跟我一起看电视，也许包括老爹出差回来大喊我的名字，特别是当老爹伤心的时候，也许我的陪伴会缺席。

这么说起来，不论是平淡难过，还是高兴，生命都不是随随便便就可以送出去的呀。

我想了很多，想得走神。

牛头㹴婆婆就不管这些，一股脑儿都愿意给老垃圾。

老垃圾就不管这些，一股脑儿都愿意拿出去换。

是不是对于自己最重要的人，一比三千万的赔率都会下注呢？

我问自己，梅茜，如果拿你的五年，换老爹的五秒钟，你愿意吗？

我愿意的。

黑背推推我："梅茜，我们决定好了，你别睡觉。"

我咬咬牙，下定决心："我不太舍得送，送一个月好不好？"

其他狗子立刻跟我拉开距离，不想跟我站在一起。

我羞愧极了，低头想回家。

可卡为我鼓掌："梅茜梅茜，你是最多的。"

哈？所以他们决定的结果是，可卡和黑背一周的时间，萨摩ABC三圈麻将时间，泰迪兄弟们加起来，也就约等于我的数。

这帮小气鬼！

但是，他们的生命一定很宝贵，跟我一样都是很心疼才送出来的吧。

黑背挠挠头："这样也不够啊。要不要去跟罗威纳他们借一点。"

大家犯愁了。

我们小区的狗子就这么些，哪怕加上隔壁的，恐怕也不够。

一家基本只有一个，太惆怅了。

黑背心一横："管他的，能抽多少是多少，我先上。"

事到如今，也只好搞道德绑架。

边牧、萨摩 ABC 和泰迪大王依次排队。

黑背伸出爪子，转头咬住我耳朵："梅茜，我晕血。"

黑背，这个不是抽血哇，你不要咬我那么用力，你又不是生孩子啊。

河豚大仙瞥瞥他："你过来一点，我懒得飘咧。"

黑背把爪子浸入喷泉，和小翅膀接触的时候闪了小小的蓝光。

我们都害怕地盯着蓝光一闪一灭。

河豚大仙很不满："看着块头大，输出太小咧，用力。"

黑背大喝一声："拼了！"

光轰隆炸开。

黑背倒在地上，眼睛紧闭。

一下子我的心都揪起来，都不记得自己是怎么跑到他身边的，只知道哭着推他："黑背黑背。"

我想到黑背今天还跟我说呢，他说："梅茜，天地不仁，什么都要靠狗。"

总有一天，我会瞅准空子，见义勇为救个人，然后牺牲在鲜花堆，从此我老爹就拿着奖金好好过日子。

可是黑背，现在牺牲没有奖金拿，你老爸一会儿又要起来上班，你却依旧要把生命送给别人。

"黑背黑背。"狗子们都喊着哭着。

河豚大仙丢来一泼冷水："你们小区的狗子真尿，捐了三天，就歇菜了。"

大家惊愕："啊？黑背不是拼命了吗？"

大仙说："拼命个锤子，自己吓晕了，这身体素质不得行，不得行，豆腐渣，玩个屁，拉倒，睡觉咧。"

大家刚放心，又不甘心起来，边牧一撸毛："冲我来，我挺得住。"

边牧捐到五天，口吐白沫倒在地上。

河豚大仙失望无比："现在的狗子都怎么了，啊？毫无建树！抓个老鼠来好不好，我求求你们抓个老鼠来。"

"大仙，抓老鼠干什么？"

"老鼠都比你们有用咧！玩个屁！"

河豚大仙又沉下去，像一艘小型潜艇，他总是这样浮上沉下，累不累的。

折腾了半天，天微微发亮，马上早餐车就要推过来，黑背老爸要去上班，晨练大妈要到这边来舞剑。

舞剑唰唰唰，砍得我们哇哇哇。

到时候，宝藏啊，老垃圾啊，都像是做了个梦一样，成为有头没尾的事情。

但是我之前就说过，这是个充满变故的夜晚。

12

就在大家咬着牙，一分一秒地加码的时候，草丛窸窸窣窣动了一动，探出一个圆脑袋。

圆脑袋小声说："能算我一个吗？"

可卡吓得连连后跳直接摔倒："你素随[1]，你怎么在我们小区里，你不要过来，你过来我要喊保安了，汪汪汪。"

圆脑袋赶紧缩回草丛："你怎么这么没素质的，不要叫了。"

另一个方脑袋探出来："你们好。"

黑背也跳起来："这草丛怎么跟打地鼠一样，一会儿一个的。"

我看方脑袋不像来打架的，就问他："尊姓大名？"

圆脑袋脾气不太好的样子，又探出来："欧阳锋，不要跟这群抠门精啰唆了。我们直接去找陕西肥鱼。"

河豚大仙一道水剑，把圆脑袋打了出来。

月光下我们看清了，他脑袋大身子小，尾巴断了半截，是条年

---

[1] 你是谁。

轻的狗子，看他桀骜地叼着根草，应该还在青春期。

圆脑袋见暴露了，一招手，草丛中哗啦啦拥了七八条狗子出来，高矮肥瘦花黄黑白都有，有一个还挺帅的。

黑背和边牧立刻挡在我们前面，弓起背龇牙咧嘴。

欧阳锋赶紧说："我们是老垃圾的朋友，一直住在小区里的。"

啊？那我怎么不知道啊，几年了从没有见过。

圆脑袋很看不起我的样子："你们出门就那几条路，树林子去过没？大水管去过没？哈哈哈，没有吧！"

欧阳锋对圆脑袋说："洪七公，你闭嘴！"然后跟我说："梅茜姑娘，我知道你，你是名作家。"

他这么有礼貌，我都不好意思翻脸了。

欧阳锋说他们是这一片的流浪狗，只在晚上游荡。由于平时很小心不让人赶走，所以我们都没发现。

可卡嘟囔说："难怪我总闻到陌生的味道，我妈还说我有鼻炎。"

阿独走了之后，欧阳锋就接管了这片的流浪狗，顺带接管老垃圾。

欧阳锋说，老垃圾也让他们很头疼，流浪狗的规矩就是要做风一样的狗子，说走就走，不要停留。但是老垃圾倒跟家狗一样，死活不肯挪窝。

流浪狗还有一个规矩，寻找食物按能力定好地盘。比如洪七公分管烧烤摊，欧阳锋占领饭店后门。

一般来说，狗子流浪时间越长，能力越大，但是欧阳锋发现老垃圾居然无能到极点。

洪七公插话："他连好人坏人都分不清，只要有人问他饿不饿，他就扑上去。跟条家狗一样，咯咯咯。"

可卡气得不行，飞踹了他一脚："家狗怎么了，家狗不光荣啊？"

洪七公二话不说就反咬，黑背加入战团，打得狗毛乱飞。

欧阳锋比较尊敬我："梅茜小姐，我们琢磨着，老垃圾虽然不潇洒，不过算重情义的。我们流浪狗就讲究一饭之恩，有机会就报。既然他想见老太太一面，那我们多少必须帮忙。"

欧阳锋刷新了我对流浪狗的认识，原来就算吃泔水，也可以有情怀的。

讲完他走过去，把手底下的兄弟挨个儿咬了一通："别打了别打了，打什么打，哪个不服气老子咬死他。"

洪七公歪歪扭扭走到队伍前："捐命了，快点。"

说得跟排队上厕所那么稀松平常。

河豚大仙问洪七公："你捐多少？"

洪七公傻笑："你拿吧，留口气让我回窝就行，我不想死在这里。"

这个口气很熟悉。阿独以前打架的时候，都是这样笑一笑，把斗笠一摔："打吧打吧，留口气让我回去，给滚球球一个交代就行。"

好像流浪狗都只在乎最后那口气。别的都可以不要，生命对他们来说，刨食、打架、逃跑，只有那口气是温暖的。

那么老垃圾的那口气，就是见老太太吧。

流浪狗们沉默无声，继续排队。

河豚大仙拍打着小翅膀，飘起来大喊："咋的咧咋的咧，你们是都不想活咧。"

洪七公不耐烦："这胖鱼怎么这么啰唆。"

欧阳锋赶紧咬他一口："怎么跟大仙说话哪，一巴掌拍死你！"

流浪狗又打成一团。

河豚大仙小翅膀扑得像风扇："别打咧别打咧，公鸡都叫咧。"

这城市没有公鸡，但是天光正在泄露，我已经听到鞋底踩着地面，松松懒懒，行人们还未睡醒便上路的声音。

河豚大仙说："熬夜很伤身体的，睡一觉再说。"

萨摩A说："可是老垃圾只剩三天时间了。"

河豚大仙又困又气："你会不会数数！玩过算盘吗你？还有三天急啥子。"

接着他冲着流浪狗们喊："你们这些后生仔，吃好喝好，准备上路。"

欧阳锋点头，流浪狗沉默无声，在人们到来之前散到各个缝隙，消失不见。

13

我回家的时候，看到老垃圾蹲在小区大门老地方，依旧盯着空地看。

可卡在前面等我："梅茜梅茜，你跟我回家睡。"

我摇摇头，河豚大仙让那些流浪狗吃好喝好。可我知道，那些馊掉的饭菜不算好吃的。

我要回家，把我的狗粮罐头都拿出来，请他们吃一顿。

我越走越快，黑背喊住我："梅茜梅茜，你为什么要跑呀？"

我看着黑背，眼泪不停掉下来："黑背，欧阳锋和洪七公他们，要没有生命了。"

他们就要离开，可我们才刚见面呢。

为什么我们不能多送点生命，为什么我们都这么自私？

黑背张着嘴巴，看到他爸下了公交车："梅茜，我们有主人的，他们在，我们就要好好的。"

如果生命只是自己的，如何挥霍都可以。觉得没用就丢掉，觉得好玩就闹腾，结束也没人伤心。

梅茜，我们有人爱，我们也爱他们，不在一起就会悲伤。所以不要自己决定，那样才是自私。

黑背说着就扭头，向他爸跑去。

边牧拍拍我的肩："梅茜，要不我们赶紧做点小生意，卖给小区里的有钱人。你看煎饼摊子，一个月能挣两万。"

大家很信任地看着我："靠你了。"

我到家的时候，代养姐姐正在接电话。

"找不到啊，到处都找过了。可能出去了。

"你别急啊，梅茜那么乖，不会跑远的。"

我抢过手机，听到那头有个矮丑穷的男人在咆哮："你把我的狗弄哪儿去了？你是不是把她弄丢了？"

老爹听起来要哭了。

我喊了一声："汪。"

"你回家了？"

"呜呜。"

我叼着手机，离姐姐远远的，要跟老爹讲悄悄话。

老爹在电话那头长长出口气："梅茜，你吓死我了！我差点去买机票，你知道机票多贵的吧？"

"知道的。"

"你干吗去了？别学我乱跑好不好。"

老爹跟我絮絮叨叨，讲他刚通宵改完剧本，困得在沙发上直打呼噜。

老爹说："一边打呼噜一边打字，厉害吧？"

"厉害的，你这样能得诺贝尔奖的。等有了奖金，可以买一亩田。"

"你说话逻辑不对，不是诺贝尔奖，诺贝尔奖也不一定有很多奖金。要买田干吗？你又不会耕地。"

我听他越说口齿越模糊，应该是困了，刚才那么紧张，估计姐姐打电话吓醒了他。

"老爹，如果我学会做生意，是不是你就不用一边打呼噜一边打字了？"

老爹在那头笑得嘎嘎嘎，"咚"的一声，好像从沙发上滚下来。

电话挂了。

代养姐姐还在，她给我开罐头，拌狗粮，自己在一边吃包子。

包子真香，白白嫩嫩的。

我吞吞口水，叼着饭盆就往外跑。姐姐惊得包子都甩掉，光脚跟在我后面飞奔。

我跑去敲黑背的门："我知道啦！"

我跑去敲可卡的门："快起床，我知道啦！"

我跑去把萨摩家、泰迪家的门敲得梆梆响:"我知道怎么赚钱啦!"

全小区的狗子从家里背来了面粉。

我的主意就是:卖!包!子!

小区面粉飞扬,大家跑去喷泉打水,整个喷泉变成面糊,河豚大仙在面糊里头不停挣扎。

黑背和边牧起劲踩面,交流和面心得。

"原来这个是高筋粉哇。"

"原来面粉这么黏的哇。"

"原来面粉还会起这么多泡泡的哇。"

可卡笑眯眯看着我:"梅茜,馅儿在哪里啊?"

我高兴地把饭盆递给她:"姐姐给我换了新口味的狗粮,好吃。"

可卡惊喜地问我:"梅茜,我们是要卖狗粮包子吗?"

可卡把包子卖给她妈,黑背把包子卖给他爸,所有狗子兴高采烈带着劳动成果回家,摇着尾巴等待表扬。

可卡妈激动得都哭了:"没想到你都长这么大了,学会劳动致富了。"

可卡摇尾巴:"妈妈好吃吗?"

可卡妈真的哭了:"太好吃了。"

今晚的小区里,狗子吃狗粮,家长吃狗粮包子。

我们一共挣了两百多块。

大家把赚来的钱交给我："这么多钱，可以给流浪狗子们买什么呢？"

这有什么好考虑的。

我大喊："当然是给他们买狗粮啦。"

14

第二天晚上没有月亮，只有星光闪烁。夏天已经过去一半，雨水停歇，我们等到主人睡着，静静地溜出来坐好。

欧阳锋他们刚刚吃完我们送的狗粮，来得晚。

今晚的气氛特别郑重，欧阳锋他们像是去打一场不回来的仗，而我们是送行的家属。

我们点头致意，看向喷泉。

河豚大仙用小翅膀揉着胸："没睡好，眼睛疼。"

黑背偷偷问我："眼睛疼，他为什么要揉胸口？"

我偷偷回答他："手短，够不着。"

老垃圾静静趴着，用力看着月亮。

大仙一个飞跃，打出漂亮狭长的水花，他像上次那样停在空中，只是吸收的是漫天星光。

那些闪烁的，有着不同色彩，离我们异常遥远的星星，一颗颗暗了下来。

我呆呆仰着头，觉得那些星星是欧阳锋他们，他们给一场奇迹积蓄着力量。

河豚大仙身上亮晶晶的，他用小翅膀牵着洪七公的爪子，洪七公牵着欧阳锋的爪子，接下来是我连名字都不知道的流浪狗，大家爪子牵着爪子。

黑背牵住我，我牵住边牧。

我们的生命力沿着每一根神经消失，像阵夜风，带着甜蜜也带着感伤，变成淡淡的光脉。

我能感觉胸口被浪潮淹没，老垃圾的心情传递给了每一条狗子。

已经失去了，依旧舍不得，这是眷恋呀。

河豚大仙大喝一声："齐活！走起！"

光脉"唰"地投向上方，像立体 3D 电影，五彩斑斓的光芒如同波浪起伏，占据整个夜空。

"果果。"夜空的光芒里传来老太太的声音。

那些光芒浮动，飘忽，旋转，凝聚出了老太太的样子。

老太太蹲下，手伸出来："果果，饿不饿？"

老垃圾的眼泪打湿了他整张脸。

只有五秒钟，不能哭着过的！

我拼着力气喊："说话呀！"

说话呀，老垃圾！你付出了一切，要让她的手落在你脑袋上，不能哭啊！

你要跟她说你饿的，你要让她给你骨头吃，你要跟着她去交水电费，陪她在树荫下摇晃尾巴。

你说话啊！

老垃圾一动不动，呆呆地望着夜空。

光幕上出现一条小狗，蹦蹦跳跳地向老太太跑去。

老垃圾无声地哭。

那是他小时候。

小时候的老垃圾，名字叫果果。

一条雪白的小狗，被老太太抱起来，贴在脸旁边。

老太太满脸幸福，而果果轻轻舔她的手心。

老垃圾嘴巴一张一张，无声地在喊奶奶。

老垃圾的眼泪冲刷着自己，我们这才发现，他的毛色雪白。

夜空逐渐暗淡，老垃圾合上眼睛，嘴角有一点点微笑，他很满足。

我们看到一个透明的小光球从他身上升起，晃晃悠悠，往上，往上，散在星空。

老爹说，花会开的，别悲伤，就算不是去年那一朵，可它让我无法忘记你。

无法忘记，那就是永远活着。

牛头猏婆婆说，在自己还没有到小区的时候，老太太和她儿子住在这里。

儿子怕老太太寂寞，给她买了一条小狗。

老太太每天都带着他，坐在树荫里，等儿子回家。

那一天阳光万里，果果到处乱蹦。

老太太笑着拿蒲扇拍他："待着别动。"

果果就待着不动。

一个人走近老太太，和她低声说了几句。

老太太站起来，脸色煞白，又倒了下去。

脑出血，抢救过来了，却落下了痴呆的毛病。

从此老太太什么都不记得，只记得穿着整洁的衣服，把白头发梳得服帖，去小区门口等着。因为如果儿子回来，不能让他知道自己的妈妈很伤心。

老太太什么都不记得，但是果果记得，老太太最后的指令是："待着别动。"

他待着没动。

老太太偶尔给他喂饭，偶尔问他"你叫什么名字？""你怎么总是翻垃圾？""你有没有家？"。

果果有家，主人在哪里，哪里就是家。

果果就这样待着没动，待到老了，变成老垃圾，任人打骂，被赶走还是要回来。

因为老垃圾很想家。

15

欧阳锋疲惫地说："原来老垃圾不是流浪狗，害我们兄弟忙活半天。"

欧阳锋一下老了很多，胡须都白了。但是看样子那些大补狗粮很有效，流浪狗们看起来不止剩一口气。

比起来，河豚大仙才是最惨的一个。我们想起他的时候，他已经跌落在地上，差点变成河豚干。

黑背即兴作了一首诗："连着两次施大法，大仙也变河豚干。"

要不是实在快死了，河豚大仙肯定用水剑打得他变成瘫痪。

牛头狴婆婆去安葬老垃圾，走的时候对河豚大仙悠悠地说了一句："不是不报，时候未到。"

河豚大仙气得从河豚干要变成河豚肉松，直接破口大骂："你这个婆娘心肠歹毒，这么久还记得，不要脸，寡妇！"

大家各自散伙。

萨摩 ABC 回过神来："勇者死了，那我们的宝藏怎么办？"

大家恍然大悟，想起最初的目的：在西边还埋藏着我们的宝藏。

萨摩 A 悲愤不已，跳进池中拼命摇晃河豚大仙："心狠手辣，不留余地，现在我宝藏没了，大家同归于尽吧。"

萨摩 B 也号啕大哭："没有宝藏，我活着有啥意思，我要让你们看看什么叫血流成河！"

河豚大仙也觉得考虑没有很周到，说："你们，背我去西边看看。"

黑背从池子里捞了个饭盆，把河豚大仙盛在里面，像端了一碗鱼汤。

走到小区边缘那条河，河豚大仙眼睛一眯："嗯，闻到宝藏味道了。"

平时的河死水一潭，现在我们刚靠近，哗啦啦掀起好几米的大浪。

大浪过后出现一头我们做噩梦也想象不到的怪物。

他头大尾细，比两居室还大。根据那长长的嘴巴，灰色的皮肤，我得出了判断，这个怪物是一条真正的，胖海豚。

这条骇人的胖海豚，正张大了嘴巴，露出跟我胳膊一样粗的牙齿。

胖海豚张大嘴巴号啕大哭，居然是个女的。

"你这个鬼头鬼脑的老汉哟，你咋才来哟。"

河豚大仙也号啕大哭："你这个瓜婆娘哟，你咋在这里哟！"

胖海豚眼泪汪汪："我想你，作了个法找过来，不小心投歪了。"

河豚大仙眼泪汪汪："你是我的蝴蝶自在飞。"

胖海豚眼泪飞溅："我是你的玫瑰吃烟灰。"

河豚大仙大喊一声："婆娘！"喊着就从饭盆里扑出来，直接扑到胖海豚嘴巴里。

黑背小心翼翼说："难道宝藏指的就是这条胖鱼吗？"

胖海豚怒目而视："我们是哺乳动物，我们不是鱼！"

河豚大仙从胖海豚牙齿缝中挤出来，跟我打招呼："黄狗子，你记得我说过做梦都想回大海吗？"

我拼命点头。

河豚大仙跳进夜空，飞快胀大胀大，胀成一条真正的海豚。

原来海豚也有这么圆滚滚的身材。

我喊："海豚大仙。"

海豚大仙原来从来没有吹过牛，他一直都这么质朴。

海豚大仙说："我要跟我婆娘回老家，生一堆孩子，不跟你们玩咧。"

海豚夫妻俩飞跃向空中，星光全部闪烁，在星空之下降起一场暴雨。

两个庞大肥胖的身影在暴雨中游弋，往东方而去。

他们一定会回到东海，生一堆小海豚，和孟加拉虎一起玩耍。

这场雨下了整整一天，我们通通感冒了。

黑背到我家说："梅茜，这几天发生什么了，我感觉头有点晕晕乎乎。"

我一摸黑背的头："你发烧了，烫得可以烧开水了！"

黑背说："梅茜，我感觉自己做了场美梦，哭哭笑笑的，很精彩，我要是记起来我就告诉你。"

黑背嘟嘟囔囔："我爸问我家里的面粉到哪儿去了，要是我答不出来，就用棍子揍我。我哪儿知道面粉的事情，我爸是智障吧，无聊，瓜皮。要听这个智障的话，太惨了。"

如果你能记得，你会发现，我们狗子都一样听话。

让我等，我就不离开。

从你的全世界路过，那么，让我留在你身边。

给我的女儿梅茜，
生日快乐

The Journey with You

我们要沿着一切风景美丽的道路开过去，
带着所有你最喜欢的人，
把那些影子甩在脑后。
去看无限平静的湖水，去看白雪皑皑的山峰，
去看芳香四溢的花地，去看阳光在唱歌的草原。

1

每个人到我家，推开门永远都是眼睛放光，喊："梅茜呢？梅茜呢?!"

然后一条毛茸茸的金毛，比他们还要兴奋，不知道从哪个墙角钻出来，狂喊着"你好啊"就扑上来。

狗毛飞扬，人狗滚成一团。

2

我从来没有教过梅茜任何指令，但她自己慢慢学会了很多东西，眨巴着眼睛，努力分辨你在说什么。

她甚至自己学会了拒食。吃的东西放在碗里，她就可怜地看着你，直到你摸摸她的脑门，她才开始低头吃饭。如果你不摸她的脑门，她会一直跟着你走，你到哪里，她也坐在你旁边，拼命把脑门塞给你。

有一天我把吃的放好，忘记摸她脑门，就急匆匆出门去超市买东西。过了半个钟头回家，我打开门，听见"咔嚓咔嚓"的声音，一看，她估计等不及，开始吃饭了。

我咳嗽一下，她猛地回头，吓得呆了。整条狗傻坐着，狗头

180 度扭转对着我，狗粮哗啦啦从嘴巴里掉出来！

我还没说话，她偷偷摸摸探出前爪，把掉在地上的狗粮往旁边扒拉，扒得远远的。

她的意思大概是：这些不是我吃的……

我笑得手里塑料袋都脱手了。吃吧吃吧，我们家没那么多规矩，爱吃什么吃什么，爱什么时候吃什么时候吃。狗粮不好吃，咱们换牌子，还不好吃咱们立刻买骨头炖汤，买牛肉用白水煮出灿烂的未来！

一年冬天，我百般无聊地看着电视，突发奇想，用梅茜当脚垫，放上去暖洋洋的。

梅茜当时全身一震，小心翼翼地瞧向我，发现我的态度很坚决。她叹口气，非常严肃地趴下去，从此一动不动。

结果我睡着了，睡到昏天黑地的时候，感觉有东西挠我，我一看，梅茜用爪子拍我。我抬起脚，她换了个姿势，舒服地翻了一面，然后瞧瞧我，意思是"你可以放下来了"。

我把脚放下来，她才心满意足地继续睡去了。

金毛狗子，一岁前是魔鬼，一岁后是天使，果然是真的。

3

2012 年初，天气寒冷。深夜，我坐在花园的台阶上，手边全是啤酒，看着月亮发呆。

在没有人能看到的地方，在没有人能看到的时间，我哭得稀里哗啦。

梅茜安静地坐在我旁边，头紧紧贴着我膝盖。她轻轻用脑袋拱拱我的手，大大的眼睛望着我，发出小小的"咕咕咕"的声音。

许久前我上网查过，这是金毛狗子的哭声。

梅茜不停哭，而我的眼泪也没有停住。

梅茜不要哭。

不要哭。她不会回来了。我不会离开你。

那时候的梅茜，刚生了一场大病。

她生病的时候，我远在北京。接到照顾梅茜的姑娘的电话，她带着哭腔说："梅茜得狗瘟了。"

手机信号不好，我冲到室外，下着暴雨。

我放下手机，心里很难过。

下雨归下雨，不要欺负我的小狗。

她病好之后，我领着她回家。一人一狗，兴高采烈，大家蹦蹦跳跳，欢快无比。

一辆白色的 SUV 开过去，梅茜明显愣了愣，然后她发了疯一样，扯掉牵引绳，追着车就狂奔，怎么喊都不回头。

司机从后视镜看见了她，把车停在路边。司机摇下窗，伸出头，笑嘻嘻地说："小狗狗，你追我干什么？"

梅茜不看他，紧紧盯着车子，盯着车门，似乎在等车门打开。

她要跳上去。

我追到了，一把抱住她，跟司机连声说不好意思。

司机笑嘻嘻地说没事，开走了。

开走的时候，梅茜在我怀里疯狂地挣扎。

我突然眼泪掉下来。

梅茜也平静下来，只是不停地发出声音："咕咕咕咕……"

我知道，她很久没看到那一辆熟悉的白色车子。

她很久没有坐进属于她的位置。

她喜欢坐车兜风，脑袋伸出去，风吹得耳朵啪啦啪啦啪啦，得意地吐出舌头，开心地跳脚。

我抱着梅茜回家。

她在怀里一直哭。

我的眼泪也一直掉在她毛茸茸的脑袋上。

梅茜不要哭。

梅茜，我们没有车啦，老爹再给你买一辆。

4

梅茜到我家，是 2010 年 6 月初。

我把一点点大的梅茜抱回家，她圆头圆脑，耳朵很大，坐着的时候一仰头，耳朵几乎垂到地上。

她叼袜子，撕衣服，啃书，磨茶几，摧毁一切能看见的东西。

最令我无法理解的是，一喊她名字，她就沿着墙边狂奔，狂奔五百圈，非得到筋疲力尽才停下来。

麻烦的是，她从筋疲力尽到精神焕发，需要回血的时间不是很长。

等她大了一些，接近一岁，性子变得没那么风云一起便化龙。为了她平时活动空间够大，我换了一楼带院子的房子。

有一天我回家，突然发现梅茜不见了。家里没有，院子里也没有！

找了半天，原来院子最内侧有个排水的洞口，她就是从这里离家出走的。

我急坏了，小区、马路、公园、其他小区……发了疯一样到处找，扯直了嗓子喊。

夜越来越深，没有找到。我回家坐在沙发上出神，总觉得她可能躲在家里哪个角落。在我写字时，她一定要霸占的书桌底下；在我睡觉时，她一定自己咬着狗窝，吭哧吭哧拖到的床边；在我吃饭时，她一定紧紧抱着的桌脚。到了深夜一点，听到阳台有敲门声。我过去拉开玻璃门，梅茜咧着嘴，喜笑颜开地看着我，疯狂地摇尾巴！她浑身都是泥巴，不知去哪儿瞎胡闹了……

我赶紧抱起她去洗手间，开心地掉眼泪。冲干净泥巴，她也应该玩命才找到家的吧！我找出所有好吃的给她，看她吃得狼吞虎咽。

结果她以为离家出走，会有这么多奖励。

于是第二天下午，她又不见了。

这次我也不找了，就看电视等她。等到深夜一点，她准点出现在阳台的玻璃门外。

我拎进来后暴打一顿！

梅茜号啕大哭。

从此，无论院子里排水的洞口有没有堵着，她都不会从那边跑走。

5

梅茜长大的标志是从某天开始，死也不愿意在家里大小便了，宁可憋得痛哭流涕。

有一次我出门，以为很快就回家，结果被拖去直播，回家已经黄昏。到家门口，掏出钥匙，邻居家开门，大婶探出脑袋，激动地说："张嘉佳啊，你家狗太牛了！"

我摸不着头脑，说："怎么了？"

大婶咽口口水，激动地说："你不在家，梅茜在院子里晒太阳。后来她急着大便，我就看着她在院子里转圈，还想怎么帮她呢。过了一会儿，她居然猛地一跃，连滚带爬翻过栅栏，跑到我家院子拉了一泡便便！接着又奋力一跃，连滚带爬翻过栅栏，回自己家院子了！"

我听得目瞪口呆……

睡觉之前，梅茜一定要跑到卧室，敲敲门，然后趴到床边。等我睡着了，她才会离开，放心地走回她的猫咪窝窝睡觉。

6

梅茜，老爹要买一辆皮卡，装好顶棚，我们可以出发去最远的地方。你坐在副驾，狗头探出窗户，风吹得耳朵啪啦啪啦，高兴地跳脚。车厢里摆满好吃的东西和你最喜欢的猫咪窝窝。

我们要沿着一切风景美丽的道路开过去，带着所有你最喜欢的人，把那些影子甩在脑后。去看无限平静的湖水，去看白雪皑皑的山峰，去看芳香四溢的花地，去看阳光在唱歌的草原。

去远方，而漫山遍野都是家乡。

一开始，我以为是她离不开我。

现在，我知道，是自己离不开她。

梅茜出生于 2010 年 5 月 18 日。

所以，梅茜，我的女儿，生日快乐。

老爹爱你。

后 记

《让我留在你身边》的最后一篇

2020 年 6 月 25 日，梅茜的前腿有个小肿块，去医院检查，肿瘤，医生建议切除，再化验。三天后我接到通知，恶性，以后都要服用抗癌药。

梅茜腿上绑着绷带，深夜不肯回狗窝，赖在正在写稿的我脚边。我摸摸她的脑袋，她晃晃耳朵，静悄悄地趴着看我。我有些恍惚，突然真真切切意识到，梅茜十岁了，所以医生写医嘱的时候，随口说了一句，她老了。

她老了，我从来没想过这个问题，那只巴掌大的小狗，沙发上翻腾，撕咬我的书，走路会摔跤，仿佛就在不久前啊。

过了一周，拆线，次日她的后腿一块毛全褪了，露出肉和血，触目惊心。我非常惶恐，再次送她进医院。检查结果出来，甲状腺功能衰退，导致皮肤病，是她自己咬的。

她要吃的药越来越多，半夜我醒来，发现她呆呆地望着我，可能察觉我也在看她，她低下头，偷偷用眼角瞟一下，假装睡着。

我怎么突然想哭，手也在抖，因为医生不小心再次说了一句，"她老了，你要有点心理准备"。窗外路灯有些光漏进来，也许是错觉，梅茜的眼睛里满是眷恋，我的眼泪根本忍不住，满脑子都是医生的话语声。

那只小狗，那只会偷偷藏我袜子的小狗，那只叼着狗窝奋力拖到我床边的小狗，那只最喜欢躲在我书桌底下的小狗，从南京到北京，从漫长的旅途到似乎无穷尽的黑夜，她都在的啊，她是我的女儿啊。我吹一声口哨，再远的地方她都会竖起耳朵，然后风驰电掣跑回来的啊，她不能没有我陪着的。

十年，除了童年时代的父母，没有第三个生命，如此长久陪伴着我，日日夜夜。我总觉得，这已经是我生活永恒的状态了。

她是一条便宜的狗子，在我最穷的年月，分期付款买回家。她是我婚礼的花童，是我离婚后最重要的财产，是我风餐露宿的伙伴，是我浪迹天涯的影子，是我三十岁拥有的女儿，十年中最依赖我的存在。她那么胆小，容易委屈，见到生人立刻躲到我背后，也曾经陪我签售，被读者差点摸秃了脑门。她会笑，咧着嘴，眼睛眯成缝，也会哭，咕咕咕咕的，伸出爪子拍拍我的小腿。

她一岁时，我每天酩酊大醉回家，有一次随手在她狗盆里倒了整碗啤酒，第二天惊奇地发现，梅茜就没回狗窝睡，侧翻在门边，狗脑袋放进狗盆，喝醉了。

2013年深秋，朋友开车，每逢岔路，便扔硬币决定前进的方向。高高的山巅，我在草地坐了一宿，梅茜脑袋搁在我腿上，动都不动，似乎睡得很香。清晨日出，云海翻涌，在我眼中，是世界尽头升起了一轮句号。梅茜站起身，抖抖满身的露水，亲昵地用鼻子碰碰我的手，那是我人生中最漫长的一夜。

那么梅茜，再陪我一段时光吧。

我以她的口吻，写过一些故事，甚至很久之前，还用梅茜的名字开了微博，所以在许多人心中，梅茜也是他们的朋友。

有这本书，那梅茜就是我永远的女儿，也是读者永远的朋友。

梅茜十岁了，她老了，吃着药，也不再奔跑。

将来有一天，希望大家会想起，一只金色的小狗蹦蹦跳跳，和露珠对话，做有关天空的梦，善待每一个生命，珍惜世间生长的每一份美好，告诉所有朋友，你总会去到那些地方，雪山洁白，湖泊干净，听到全世界为你唱的情歌。

图书在版编目（CIP）数据

让我留在你身边 / 张嘉佳著. -- 长沙：湖南文艺出版社，2025. 10. -- ISBN 978-7-5726-2501-5

Ⅰ. I247.81

中国国家版本馆 CIP 数据核字第 2025CY7430 号

上架建议：畅销·小说

RANG WO LIU ZAI NI SHENBIAN
让我留在你身边

著　　者：张嘉佳
出 版 人：陈新文
责任编辑：张子霏
监　　制：毛闽峰
特约监制：刘　霁
策划编辑：史义伟
特约编辑：赵志华
营销编辑：杜　莎　刘　珣　李春雪
装帧设计：梁秋晨
插画绘制：黄雷蕾　orb
出　　版：湖南文艺出版社
　　　　　（长沙市雨花区东二环一段 508 号　邮编：410014）
网　　址：www.hnwy.net
印　　刷：北京中科印刷有限公司
经　　销：新华书店
开　　本：875 mm×1230 mm　1/32
字　　数：214 千字
印　　张：10.5
版　　次：2025 年 10 月第 1 版
印　　次：2025 年 10 月第 1 次印刷
书　　号：ISBN 978-7-5726-2501-5
定　　价：56.00 元

若有质量问题，请致电质量监督电话：010-59096394
团购电话：010-59320018